JN108561

風間草祐エッセイ集Ⅰ
社会編
ー企業人として思うことー
Kazama Sosuke
風間草祐

風間草祐エッセイ集Ⅰ　社会編

―企業人として思うこと―

まえがき

　昨年春、出版社と拙著『私の活きるヒント』の制作についてやり取りをしている中で、先方の社長から、何か社会や会社に関するエッセイを書けないかと相談を受けた。もし書けるとしたら、自分のサラリーマン時代の経験くらいで、それに社会情勢も絡めて思うところを綴るぐらいであると返答すると、それでもよいということになり、取りあえず、思いつくところから書き始めることにした。初め、どの程度書けるか未知数であったが、現役時代を思い起こしながら書き始めると、興に乗ると芋づる式に主題となるテーマが思い浮かび、それを継ぎ足していくうちに、今年初めにいつの間にか二二話が仕上がった。

　まず初めに第一章では、資本主義社会における会社とはどういう存在かという点に焦点を当て、資本主義とはどのような社会システムなのか、その中の会社にはどういうステークホルダー（利害関係者）がいてそれらの相互の関係はどうなっているのか、会社は社会からどのような負託を受け守るべき義務とは何か、社会から見て魅力的で社員にとって働き甲斐のある会社とはどういう要件を備えているのかなどについて、思いつくところを記載した。

第二章では、会社経営の視点から、事業環境の変化に耐性があり社員が働きやすい健全な会社組織とはどういうものか、納得性のある公平公正な人事の在り方、未来永劫(えいごう)、社会の中で事業を継続し続けるために必要な研究開発投資や、その成果を活用した新規事業への取り組み姿勢に関して述べることとした。

第三章には、民間企業として日常業務をこなしていく上でのプロセスである、受注、生産、利益の確保に関して思うところを記載した。仕事を取る上での心構え、品質を確保しながらいかにして利益を得るか、経験を踏まえた仕事の流儀、失敗をいかに組織の学習効果とするか、社内外の関係者と付き合う上でのヒントなどに関して触れることとした。

第四章には、勤めていた会社の唯一の経営資源であった人材に関して詳述することとした。人はどのようにして成長するのか、仕事に必要な能力とはどういうものか、それを獲得するための日常業務の取り組み方、リーダーに望まれる資質とは何か、実力の証明としての資格などについて考察することとした。

最後に第五章では、会社にとって避けて通ることのできない社外活動に関して、協会や学会活動の在り方や取り組み姿勢、関連する技術者集団や同窓との付き合い方に関して感じるところを記載することとした。

　現役時代を振り返りながら、企業人として思うところを、忌憚（きたん）なく書かせていただいた。、独りよがりだったり、偏った見方をしたりしているところもあるかもしれないが、読者諸氏が、その中から少しでも参考になるところを読み取ってくれれば大変嬉しく思う次第である。

目次

第一章　社会の中の会社

一 資本主義を問い直すーアダム・スミス考ー

昨今、中国、ロシア、北朝鮮などの、いわゆる専制主義国家の振る舞いが、近隣諸国の脅威となっている。特に、ここ数年、これらの国々の覇権主義の傾向が顕著なように感じる。それに対し、欧米を中心とした資本主義を基盤とする民主主義国家は、様々な対抗策を講じているが、なかなか、最善手が見つからず、手をこまねいているのが現状のように思う。そんな世界情勢を見て、識者の中には「資本主義経済でなり立っている民主主義国家は、確かに自由ではあるが、各々が勝手に意思表示し行動するのでまとまりがなく、従って意思決定に手間取るので効率が悪い。一方、専制政治の全体主義国家は、国民の統制がとりやすいので効率がよく、合理的で国家の運営システムとして優れており、このままだと、民主主義陣営は専制主義国家の後塵を拝するようになってしまうのではないか」との見方をする人がいる。

現役時代、サラリーマン生活の終盤戦に来て、資本主義に対して同じような疑問を抱いたときがあった。民間会社に就職し働き始めてから定年近くまで、営利団体である以上どの職種も大なり小なり同じだと思うが、何とかして仕事を受注し、そこからできるだけ多くの利益を得ることに躍起になっていた。それに何の疑問も感じなかった。日々、目の前のことに追われて、半ばがむしゃらに仕事をしてきた。それが、定年間近になり、最前線から離れ精神的にも少し余裕ができ、立場上も、社会の中での会社の位置づけとか、会社が日本のような資本主義社会の中でどんな役割を演じているかなどということを大所高所から俯瞰するようになり、ふと、かつて若かりし頃抱いた「資本主義社会は人々を幸せにするのか」という根本的疑問が蘇ってきた。学生時代に悩んだ、「資本主義体制のもと、利潤を追求する企業に身をゆだねてもよいかどうか」という個人的な疑問が再燃してきた。といっても、いまさら人生をやり直すこともできない以上、どうすることもできないわけであったが、疑問だけは晴らしておきたい、そこのところを、はっきりしておかないと、確固たる考えを持っていないと、自信をもって仕事もできないし、後進を指導することもできない。そんな思いで、経済学の祖、アダム・スミスまで遡り、調べてみることにした。

　アダム・スミスというと、よく、今日の言わば弱肉強食の市場経済の理論的擁護者のように捉える人がいるが、けして、そうではない。アダム・スミスは、規制を撤廃し全てを市場競争原理に任せさえすれば、無条件に、経済が成長し国が豊かになると考えていたわけではない。アダム・スミスは、『国富論』と並ぶもう一つの著『道徳感情論』の中で富と幸福の関係は相関性はあるが比例せず図に示す関係にあるとしている。即ち、「人間が幸福になるためには、図中点Cに対応する必要最低限の水準の富が必要である。この水準を下回る線分ABに対応する富の状態は失業者、浮浪者などの貧困の状態である。しかし、逆にC点以上の富を得たとしても、それとともに幸福の度合いが永遠に増すわけではなく、やがてD点を過ぎ豪華な食事、美しい衣装、立派な邸宅を手に入れても、取るに足らない効用をもつ愛玩物にすぎず、それらを管理しなければならない煩わしさだけが増えるだけで、けして幸福は増加しない」とアダム・スミスは考えた。つまり、D点以降の富と幸福の関係は線分DEのように表わすことができ、ある一定以上富が増しても幸福の量は変わらないと想定したわけである。この根拠は、まさしく、人間の本性に対するアダム・スミスの洞察によるもので、人間の幸福の基準は「心の平静さ」にあるとする考え

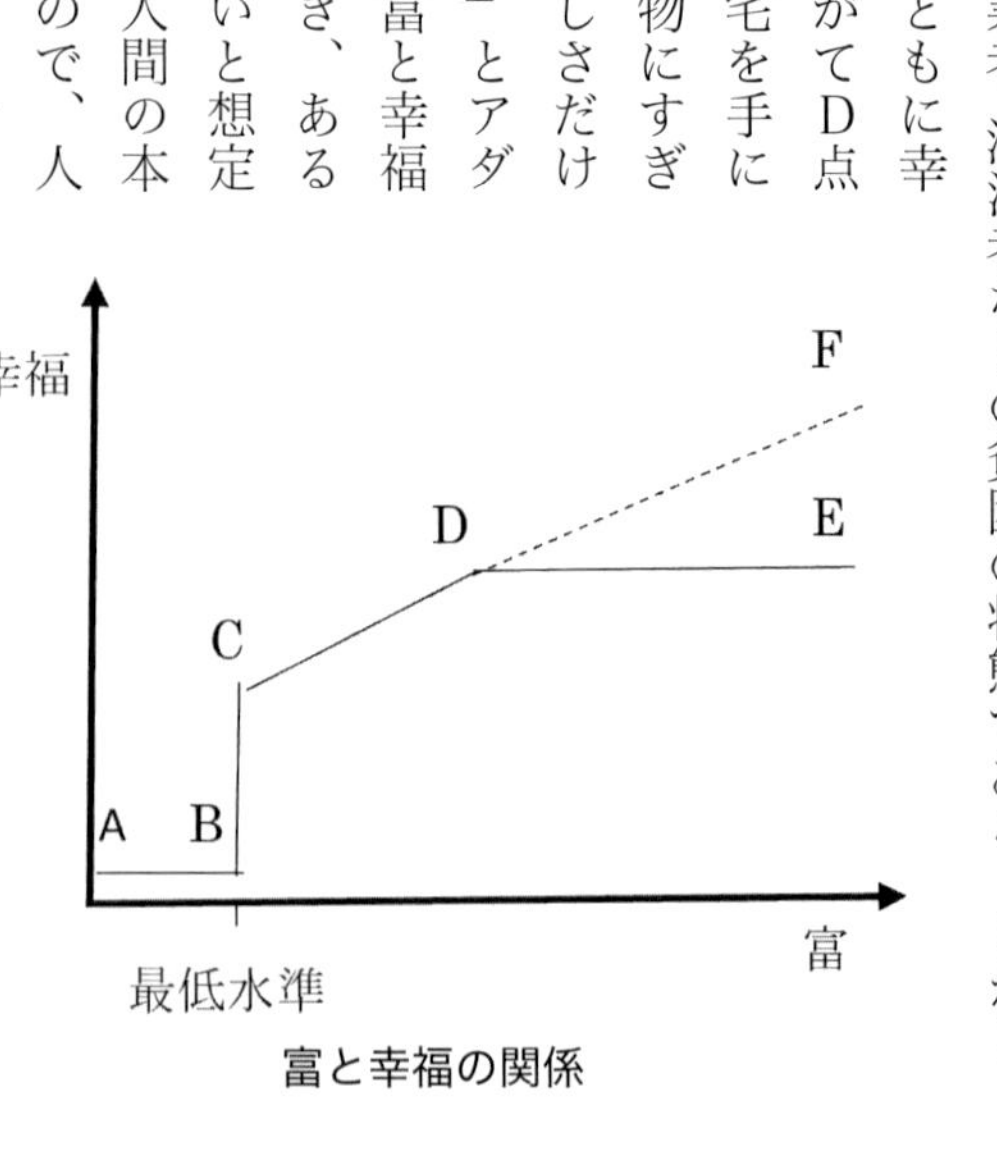

富と幸福の関係

方によるものである。アダム・スミスは、「資本家は、一定の富を得た後も、線分ＤＦが示すように、富の増加により幸福が増大するという幻想を追い求め資本を増大させることに躍起になる。しかし、この行為により、資本が蓄積され産業が振興し、結果的に貧困層に雇用機会を与え境遇を改善することに貢献することになる。即ち、資本家はそれを意図することなく、それを知ることなしに、まさに『見えざる手』に導かれて社会の利益を推し進め、最低水準の富すらも持たない人々、世間から無視される人々に仕事と所得を得させ、心の平静、即ち幸福を得させることが達成されることになる」と考えた。つまり、経済の発展は線分ＡＢの間にいる貧困である人々の数を減らすことであり、市場メカニズムという仕組みが機能すれば、これらの貧困と失意の中で苦しむ人々に「救いの手」が差し伸べられ幸福が人々の間に平等に分配されると、アダム・スミスは考えたのである。

「人間は社会的動物である」と言ったのはアリストテレスだが、アダム・スミスも人間の本性は、他人から関心を持たれ同感されることを望む社会的存在であるという考え方を持っていたと思われる。そして、「同感が得られるかどうかを判断するために心の中に公平な観察者を形成し、自分の感情や行為が観察者の是認するものになるように努める。このような人間の本性が正義の法の土台をなし、社会秩序を形成している。そして、人間の折にふれた感情には、『賢明さ』と『弱さ』の両面があり、『賢明さ』は公平な観察者の判断に従って行動することを促し、『弱さ』は観察者よりも自分の利害を優先して振舞うことを促すので、『賢明さ』は社会の秩序をもたらす役割が、『弱さ』には社会の繁栄をもたらす役割が与えられている」とアダム・スミスは述べている。ここで、「弱さ」は一見すると悪徳のように感じるが、「見えざる手」に導かれて、結果として、社会の繁栄という目的の実現に貢献すると、アダム・スミスは説いている。しかし、注目すべきは、その条件として「見えざる手」が十分機能するには、「弱さ」は完全に封じ込められてはならないが放任されるのではなく、「賢明さ」によって制御されなくてはならないと付け加えていることである。即ち、正義感によって制御される野心、フェアプレイのルールに則ってなされる競争のみが、市場原理を正常に起動させ、社会に富をもたらすとアダム・スミスは考えたわけである。市場についても、アダム・スミスは「無償の世話は家族や親しい人に対してのみしか期待できない以上、自分の自愛心に基づく欲求を、ある一致した評価のもとで交換する場が市場である。そして、市場は、多数の人が参加して世話を交換し合う互恵の場であって、競争は互恵の質を高め量を増すためにある」と述べている。総じて言えば、資本主義社会とは、人間の本性としての自愛心（利己心）と同感（正義）に支えられて初めて成立するシステムであると、アダム・スミスは考えたわけである。

確かに、今日の資本主義は、グローバル化の行き過ぎなどにより、経済格差、地球環境問題など、多くの課題を生じさせている。しかし、これは資本主義そのものが悪いのではなく、アダム・スミス流に解釈すれば、正義に基づく市場メカニズムを制御するシステムが機能していないか、あるいは不十分であることに起因すると言えるのではないだろうか。チャーチルが「民主主義は最悪な政治形態らしい、ただし、これまでに試みられたすべての形態を別にすれば（民主主義が完全ではないことは確かだが、我々はそれ以上の国民の意思が反映できる政治形態を持たない）」と語ったことは有名だが、市場競争原理を基とする資本主義についても同様のことが言えるのではないだろうか。確かに、資本主義社会も様々な矛盾を抱えておりとても理想社会とは言えないかもしれない。民意を尊重するので物事を決めるのが面倒臭く、情報公開を旨とするので外見上みっともない面もあるかもしれない。しかし、アダムとイブの例えにあるように、既に自由を知ってしまった我々にとって、もはやそれを手放すことはできない。なぜなら、自由とは、誰からの命令も規制も受けずに自らの目的を追求できることであり、資本主義とは、まさにその自由を経済活動において行使することに他ならないからである。そう覚悟ができたならば、我々はそれに修正を加えうまく機能させるように工夫していくのが現実的対応のように思う。アダム・スミスの描いた理想の互恵社会に一歩でも近づくように、自らのそれぞれの守備範囲の中で社会正義にかなった行動をしていくことのように思う。これは、一見、表面的には理路整然としているように見えても、その内実は、自由が奪われ束縛されている全体主義国家では、けしてなしえないことである。

最後に、かつての私と同様、資本主義に疑問をお持ちの方がいるとすれば、楽観過ぎるのではないかという誹（そし）りを受けるのは覚悟の上で、あえて「ご安心あれ」と言いたい。「宿命としての資本主義社会において、自らの仕事に自信と誇りを持って誠実に取り組んでさえいれば、人間の本性に基づく市場メカニズムが機能することにより、より多くの人々に幸福がもたらされるに違いない」と。

二 「会社は誰のものか」再考―企業買収で感じたこと―

今から二〇年ほど前、ライヴドア事件やいくつかの株主代表訴訟などが世間を騒がしていた頃、「会社は誰のものか」という論議が盛んに行われていた。考えてみれば、入社以来、「会社は誰のものか」などということは考えたこともなかった。所有者の候補としては、会社のステークホルダー（利害関係者）という意味では、顧客や地域社会も含まれるが、直接的には、株主、経営者、社員の三者であろう。

入社間もない頃、組合活動をしていて、経営者に対して給与のアップ、就業環境や福利厚生の改善などの要求を労働者の立場から突きつけ、会社側と対峙したときに、雇用者と被雇用者、経営者と社員という構図は意識したが、株主を意識したことは全くなかった。株主を意識したのは、サラリーマン生活の終盤戦に入り経営陣の一角を担うようになってからであった。株主総会の場で、経営側の一員として、想定質問とその回答を準備し臨んだとき、初めて生の人間としてのリアルな株主の存在を知ることになった。もう一つ、株主を意識したのは、企業買収（M&A）に関わったときである。当時、国内外で企業買収の事例が現出していて、勤めていた会社でも、外国ファンドなどに狙われていないかと神経をとがらせ、気心の知れた会社との株の持ち合い、自社株を増やすなどの買収防衛策を講じていた。その一方で、逆に、業績拡大のため、目ぼしい会社を数社リストアップし、密かに狙いをつけた会社の財務諸表、株主の持ち株比率などの実情を調査し、親和性がありシナジー効果が期待できるかなどを検討し、買収することを試みたこともあった。

企業買収というと、随分、華々しく派手な振る舞いのように映るが、現実は、もっと泥臭く、手間のかかるものである。ハゲタカファンドのように、初めから、買って企業価値が上がればすぐに売りぬき利ざやを稼ぐのではなく、買収後も、共に協力して歩むつもりならば、単に、金に物を言わせて買えば、それで終わりというわけではない。企業買収のきっかけは、トップ同士が学生時代の友人であった、仕事で共同企業体（ＪＶ）を組んで馴染みがあったなど様々である。買収される側の事情としては、業績は好調だが、後継者がいないので将来を考えてというようなケースもあるかもしれないが、大抵は、経営が行き詰まり業績が低迷しているなど、何らかの理由で窮地に陥っている場合が多いのではないだろうか。買う側は、業容を拡大したいという積極的な理由があるかもしれないが、対照的に買われる側にはネガティブな事情がある場合が多い気がする。従って、企業買収の際には、買収される側が抱えている問題が何かを、事前に突き止めておくことが非常に重要となる。問題点としては、大きく三つあると思う。一つは、事業内容に問題があるケースで、たとえば、既に時代の移り変わりにより市場が縮小し需要が乏しくなった分野を対象に、事業を展開している場合である。当然、顧客も旧態依然としたままで新規顧客も開拓されていない。二つ目は、経営の問題である。多くは、事業量に対して従業員数が多く生産性が低い体質になっている場合である。リストラや間接部門のスリム化など、人事政策や組織改革が必要となる。三つ目はリソースの問題で、技術そのものが陳腐化していて競争力がなかったり、需要とのミスマッチにより必要とする人材が育っていなかったりする場合である。

　企業買収は生易しいものではない。いずれの問題も一筋縄では解決できるものではなく、痛みを伴うこともあるので、企業買収を実行するとなると、それ相応の覚悟がいる。買収した立場をひけらかして、上から目線で高飛車な態度をとったり、金銭的なやり取りだけに終始したり、契約条件を笠に杓子定規に振る舞っていたのではうまくいくはずがない。担当者は、身を挺して飛び込み、辛抱強く丁寧に対応する必要がでてくる。特に、勤めていたようなコンサルタント企業の場合は、主な資産といえば、工場や機械などの有形資産ではなく、人という無形資産、即ち、人的資本しかないわけで、やり方を間違って、買収した矢先に、肝心な人が流出してしまい蛻の殻になってしまったのでは元も子もない、何のために買収したのかわからなくなってしまう。会社を去らないまでも、やる気を失ってしまっては、生産性が低下し期待した効果も得られないことになる。成功の秘訣は、お互い一苦労することは確かなので、買う会社のみならず、買われる会社にとってもメリットがあり、社員の末端までが一緒になって良かったと思える、前向きな動機を付与することである。たとえば、仕事をする際の事業分野が広がり顧客が増える、事業展開する地域が広がる、自らのキャリアアップが図れる、就業環境が改善され福利厚生が充実することなどを、実感として感じられるようにすることである。過渡的には、旧経営陣との関係など、多少の摩擦があるのは仕方ないことではあるが、最終的には相互信頼を勝ちとることが最重要である。決め手は、一言でいうと、親心で取り組むことかもしれない。厳しいことを言い断行するが、それはあくまでも相互の発展のためで、けして諦めず、投げ出さずに最後まで寄り添う気構えが必要である。社名は残すなど、買われる側の企業文化を尊重することも忘れてはならない。

もとより、資本主義社会は契約関係により成り立っており、近年、法人制度が導入されたことにより交換と契約の範囲は拡大し、資本主義経済は飛躍的に現実社会に浸透していった。資本家（株主）は株式を取得することにより会社を所有し、法人（会社）は、社員、顧客、協力会社などと様々な契約を結び事業を営む。しかし、法人（会社）と会社の代表者（経営者）との関係は、契約関係でなく信任関係で結ばれている。会社法では、会社の私物化を防ぐため、経営者には会社に対する忠実義務（取締役は法令・定款規定と株主総会会議を遵守し、会社のため忠実に責務を果たす義務がある）と善管注意義務（会社と委任関係にある取締役は良識ある管理者として注意深く職務にあたらなければならない）の二つの義務が課されている。従って、経営者は、会社の為に自分の利益を放棄して倫理的に振る舞うことが要求されることになる。即ち、資本主義社会は契約関係だけで成り立っているわけではなく、倫理性を要求する信任関係が必然的にその中に組み込まれていることになる。言い換えれば、資本主義とは、その中核の部分で、人間が倫理的であることを必要とする社会システムであるといえる。企業買収の経験を通じて、企業間の関係も、それを良好に運営するには、型にはまった契約関係だけでは難しく、やはり、

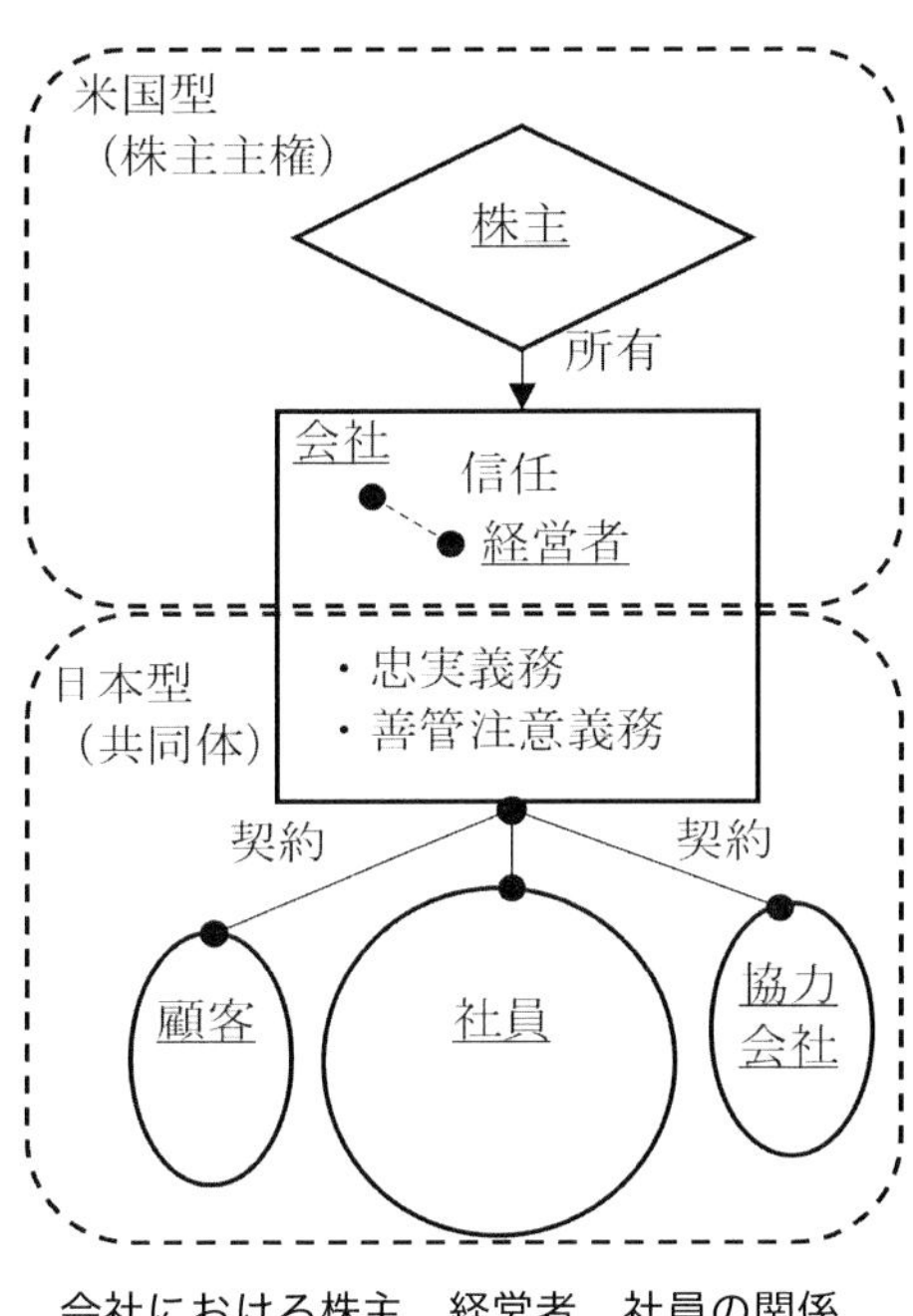

会社における株主、経営者、社員の関係

相互信頼が肝なので、もっと人間臭い、人間味溢れる対応が重要になるとつくづく感じた。

入社してから三〇年位は社員として、定年間近からは経営者として、退職してからは一人の株主として会社に関わってきた。今「会社は誰のものか」と問われれば、商法上は株主のものかもしれないが、実質的には経営者や社員の方が優先順位は高いのではないかと考えている。株主の中には、その会社の将来の発展を見込んで投資するという人もいるかもしれないが、大半は、連日、株価の値動きを見て、安い時に買って高い時に売りぬく金目当ての人で、会社の現状や将来に関してはあくまで他人事で、当事者意識は希薄だと思う。株主がモノとして会社を所有すると考える米国流の株主主権型は現実を十分に表しているとは思えないし、あるべき形とは言えない気がする。会社が良好に運営され、資本主義経済のエンジン、社会の公器としての役割を十二分に発揮するには、やはり、日本流の血の通った会社共同体的なものの方が正解ではないかと思う。

三　会社における不易流行（ふえきりゅうこう）―重きぞ企業理念―

二一世紀に入る直前、会社に限らずどの組織体も、「二一世紀ビジョン」なるものを盛んに作成していた。御多分に漏れず、勤めていた会社でも社員を対象に公募が行われ、社内の各部署から我はと思う者がチームを組み、それに応じていた。審査の結果、優秀と思われる論文数編が選ばれ表彰された。何を隠そう、我がチームもその末席を汚すこととなり、提案した内容の一部は、実際の経営に反映されたりもした。

　この種のビジョンや中長期的な経営計画の冒頭に必ず出てくるのが、企業理念である。そこに綴(つづ)られているのは、会社の社会とのかかわりに関する基本的な姿勢である。会社は何のために存在しているか、社会にどう貢献するか、どのような価値を提供するかという会社の存在意義に関わることである。会社の社会に対する誓約とは言わないまでも、宣誓とでもいえるものである。企業理念の文言に関して、わざわざ社内に検討委員会を設け、社外の総研みたいなところに委託して検討する場合もあるが、意外と、創業者の残した言葉をそのまま引用しているケースも多いのではないだろうか。企業理念と似たような使われ方をするものとして、経営理念とか社是というものがあるが、これは経営者の経営方針を述べるもので、経営者が変われば変わってもおかしくない性質のものである。ただし、実際は、これらは明確には区別されていない場合も少なくない。

　企業理念は、普段の日常業務の中ではあまり意識していないので、お題目だけのように思うが、けしてそうではない。非常に重要なものであり、意義深いものでもある。初めて企業理念を意識したのは、新規事業を審査するメンバーの一人として、投資すべきかどうかの審議に関わったときである。会社では、社内ベンチャーを公募したりして、新たな事業領域を開拓しようとしていた。勤めていた会社は、建設系のコンサルタントであったが、ダチョウの畜産、陸上エビの養殖、有機栽培バナナの販売など、実に色々なジャンルのビジネスプランの応募があった。審査は、市場性（ニーズ、顧客）、競争優位性（アドバンテージ、ポジショニング）、成長性と将来性（拡大・展開の方向性）、採算性などの観点から行い、最終的にリスクを考慮し採用するかどうかを決めることになる。判断する上で大事なことは、採算性が合い成功確率が高いからといって、そもそも、そのビジネスは当社がやるべきものかどうかという視点を持つことである。極端に言うと、遊戯としてのパチンコの良し悪しは別にして、いくら儲かるからといって、建設系のコンサルタントがパチンコ屋をやるべきかどうかという点である。迷ったときに、いつも立ち返るのが企業理念であった。企業理念と照らし合わせることにより、会社が取り組むべき必然性があるのかどうかを冷静に判断することができた。

最も企業理念を明確に意識するのは、企業不祥事があったときである。日々の事業活動に気を取られているうちに、いつの間にか企業理念に背いた方向に向かっていることに気づかなかったということは、どの会社も大なり小なり経験しているのではないだろうか。大事に至らないまでも、ニアミス程度の経験はあるのではないだろうか。企業不祥事としては、単に顧客満足度が得られないような品質の成果品を提出したというレベルのものから、設計や施工ミスなどの瑕疵問題、談合問題に代表される独占禁止法違反などの法律違反に至るまで色々ある。しかし、一度、企業不祥事を起こすと、その影響は、対象となったプロジェクトの顧客に留まらず、関連する顧客から指名停止を数ヵ月受けたり、著しい場合は営業停止、登録抹消にもなりかねない。また、マスコミ等に取り上げられると、株価へも影響し、会社は経営上の大きな打撃を受け、それが長引くと倒産に追い込まれることもある。そのような企業不祥事を防ぐために、会社は社内に企業倫理なる規定を設けている。企業倫理は、法律のように明確な罰則規定に基づくものではなく、法律を補完し社員に倫理的行動を促すものである。内容としては、行動規範を設け内部統制を図るものであるが、肝心なのは、社員一人ひとりがそれを遵守（じゅんしゅ）することであり、そのためには規範を行動レベルまで落とし込み、社員のインテグリティ（言行一致）を確保することが重要となる。会社は、営利団体である以上、当然、利益を追求する。そうなると、その組織の中

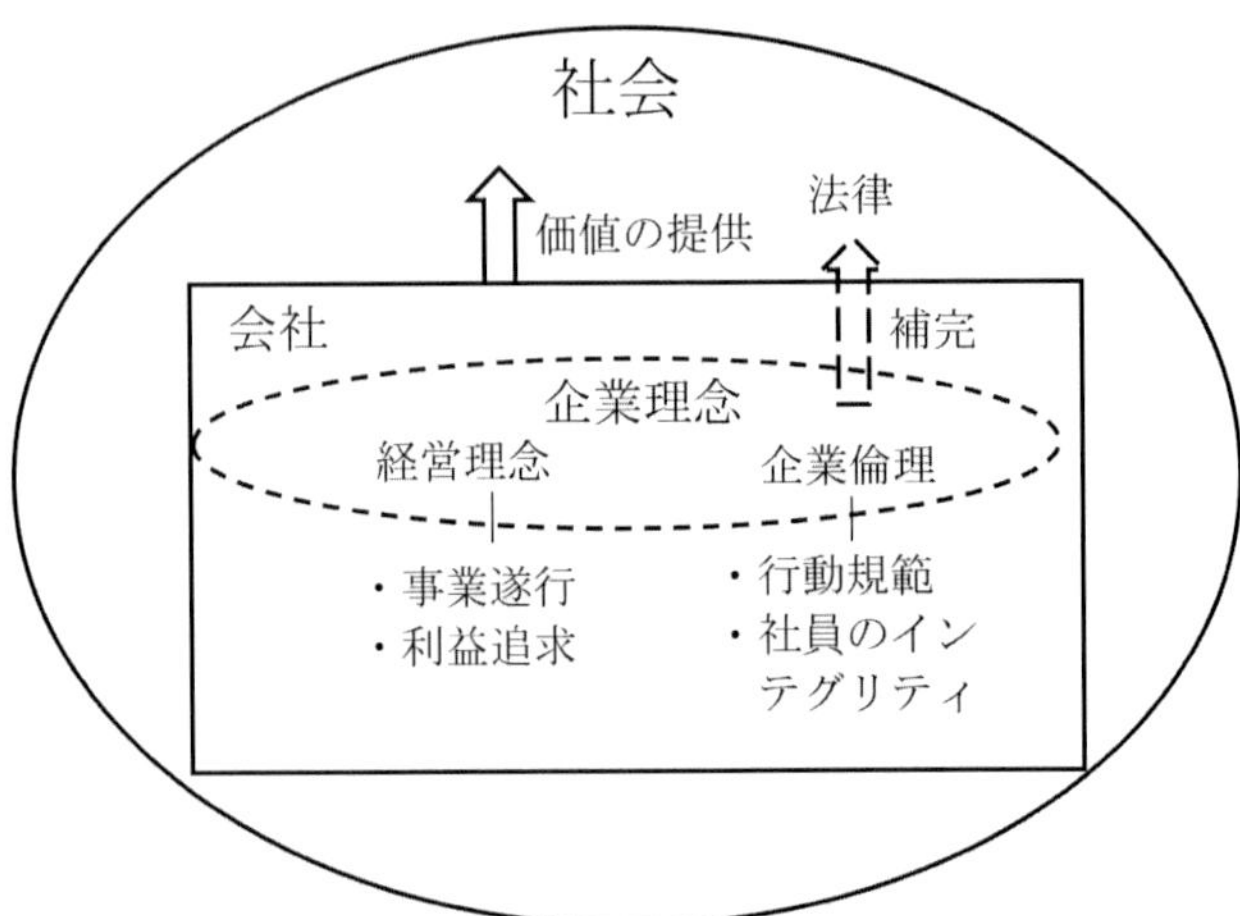

会社における企業理念の位置づけ

に企業倫理を設けるということは、一見すると、二律相反となり相矛盾するかのように見える。企業倫理は利益追求を妨げブレーキをかけるように感じる。しかし、よくよく考えると、会社が事業活動によって金銭的報酬を得ることができるのは、その存在が社会によって認められているからに他ならない。従って、社会的存在である会社が、社会の共通モラルに背く行動をとれば罰せられるのは当然かもしれない。そうならずに、会社の永続性を担保するために、企業理念の中には、企業倫理の精神が内包されているケースが多い気がする。

俳人松尾芭蕉が「奥の細道」の旅の間に体得したといわれる俳諧用語の中に、

「不易流行」という言葉がある。「不易」とは変わらないあるいは変えないという意味で、俳句には五七五の一七音があること、季語があることなど、いくつかの原則があることを表している。一方、「流行」とは変わるあるいは変えるという意味で、一七音の中で作者が句材等に工夫を凝らした新しい表現部分に相当する。即ち、上質な俳句を創作する上で不変と変革を峻別することの重要性を説いた言葉である。会社に当てはめれば、常に利益を追求するために時代に合わせて事業内容を変革していくのが、言わば「流行」である。ただし、それだけでは永続性は保証されないので、同時に会社としてのフィロソフィー（哲学）を「不易」としてもたなければならない。それが企業理念であるように思う。企業理念が根底にあってこそ、初めて社会に受け入れられる存在と言える。社内においても、企業理念は、社員個人の中に無意識的に内在する共通項のようなもので、それが仕事をする上での活力となり、根っこの部分の求心力として経営を支えている面があるように思う。社員同士の価値観の共有とチームワークの醸成にも役立っているように思う。企業理念という「不易」の部分を継承しつつ、如何に時代に即した事業変革という「流行」の部分を遂行していくか、まさに、「不易を知らざれば基立ちがたく、流行を知らざれば風新たならず」といった「不易」と「流行」の両方を常に念頭に置いた経営が、会社を永続的に繋栄させるには必要のように思う。

四 魅力ある会社とは―新卒採用でわかったこと―

現役時代、人事担当ではなかったが、新卒採用に随分関わった。初めは、専門部門の担当者として、一次面接だけでなく専門の問題作成、採点も行った。所属部門の長となってからは、専門部門ごとの採用人数のバランスを考えながら、一次面接通過者を選別するための二次面接を行った。経営者の一員になってからは、既に、各部門で適性をチェックされ推薦されてきた候補者を、人物として、社の仲間に入れてよいのかどうかをざっくり判断するつもりで、最終面接に臨んだ。

これまでの面接を振り返ると、学生たちの気質や仕事に対する姿勢も、時代と共に随分変わってきたように思う。面接を担当した初めの頃は、買い手市場だったこともあり、学生たちも落ちてはなるまいという必死さが伝わってきたが、少子化とともに徐々に売り手市場となると、合格通知を複数枚持っているのが当たり前になり、学生たちにも余裕があるように感じられた。終身雇用が当然であったこれまでの時代と異なり、一旦就職しても、一つの会社に拘（こだわ）ることはせずに、より条件の良い職場を求め転職する欧米流の合理的な考え方が浸透しつつあるように感じられた。この傾向は、グローバル化により人材の流動化が更に進めば、より助長されるように思われる。従って、会社側としては、学生にとって魅力ある会社とはどういう会社か、社員にとって留まるに足る会社とはどういう会社か、その要件を知っておくことが、これまで以上大事になってくるように思う。

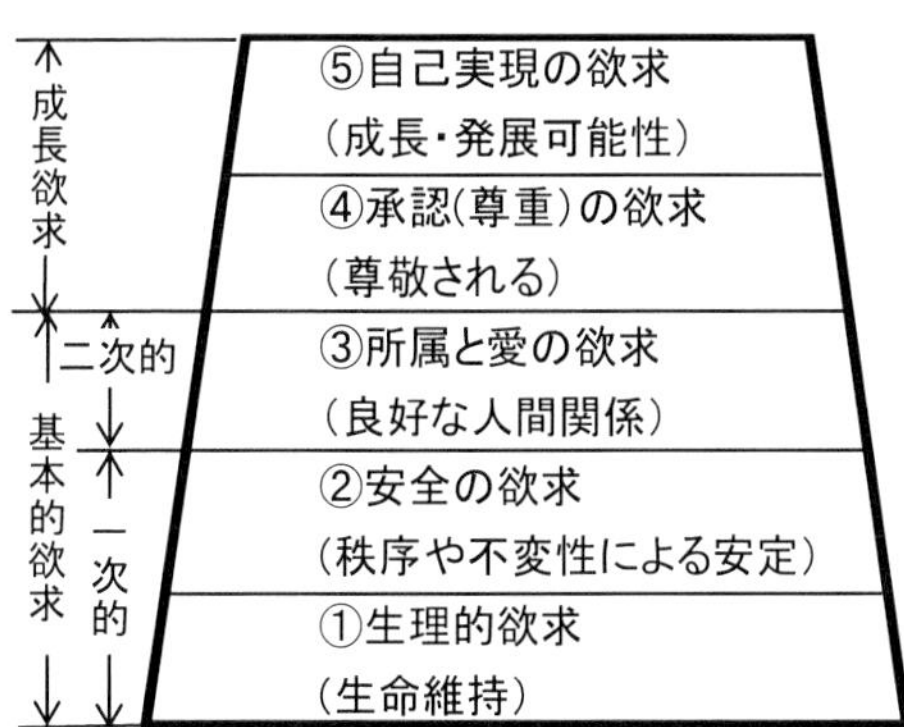

マズローの欲求五段階説

人間行動の動機付けとインセンティブに関して、マズローの欲求五段階説というものがある。マズローは、人間の欲求は下位の欲求が満たされるごとにより高次なものを求めて、図中に示す①から⑤の順に移行していくとしている。

①の生命維持のための生理的欲求は、会社に所属するサラリーマンに照らせば、最低限の生活を確保するための賃金保証に相当する。健康維持に必要な睡眠の

確保という意味では労働時間もこの範疇に入る。

②の秩序や不変性による安定を求める安全の欲求は、雇用の確保と継続、安定した収入に裏付けられた生活設計を描くことができるということである。

③の良好な人間関係を求める所属と愛の欲求は、パワハラ、セクハラ等がなく、疎外感の無い職場環境で働きたいという願望である。

④の尊敬されることを願う承認（尊重）の欲求は、能力を社内外から評価されたいという思いと、資格取得などにより自らをキャリアアップさせたいという願いである。

⑤の成長と発展を願う自己実現の欲求は、仕事に生きがいと誇りを感じ、自ら描いた将来像に近づきたいという願望である。

これらの中で①生理的欲求、②安全の欲求、③所属と愛の欲求は心身ともに健康で仕事をしたいという基本的欲求である。この内、①、②は、誰でもが生活を営む上で充足を要望する一次的欲求である。それに対し、③は生活の手段は確保された上で、できるならばストレスのかからない状態で仕事をしたいという二次的欲求である。一方、④承認（尊重）の欲求、⑤自己実現の欲求は、満たされなくても健康や生活に支障を来たすわけではないけれども、仕事を通じて何かを獲得したいという望みであり、成長欲求とも言えるものである。この内④は資格や経歴などを評価する他者あるいは集団を意識しているのに対して、⑤は自分の目標を達成したい、自分の生き方と仕事を合致させたいというもので、ある種の無償性を含むのが特徴である。

これまでの新卒採用の経験などから、現代の若者がどのような欲求を持っているかを類推すると、その背景に、女性の社会進出があることに気づく。現代の女性は結婚して家庭を持っても働き続けたいという意志を持っている人が多いように思う。従って、必然的に、ほとんどの夫婦は共稼ぎである。①の生理的欲求の中で、給与などの金銭的な要望は昔と変わりなくあるのは確かだが、どちらかというと二の次で、それよりも超過勤務は多くはないか、休日が確保されているかなどの労働時間が一番の関心事のように思う。日本の場合、平社員と管理職との給与の差はせいぜい一、二割程度で、会社の大小を問わず倍も違うということはけしてないので、二馬力で稼げば、三〇代であっても二人合わせれば、収入は部長などの管理職よりも多くなるのではないだろうか。それよりも、子供ができても、共稼ぎが可能な時間的余裕があるか、時間の融通が効くかどうかを重要視するであろう。また、②の安全の欲求でいえば、単身赴任や転勤を嫌う傾向が見られる。夫婦の生活が別々になると、共稼ぎが成立しなくなるからである。勢い、転勤のないのを第一条件として会社を選んだり、入社後も、たとえ給与が若干安くなっても転勤のない地域限定社員を選んだりする人も少なくないということになる。

一時期、入社後一〇年以内に離職する社員が無視できない数に上り、その原因を分析したことがあった。その理由として一番多かったのは③の所属と愛の欲求の人間関係で、特に、上司との関係が原因のケースが多かった。「この会社にいる以上、この上司の下に居ざるを得ない」と追い詰められた結果、離職するケースである。中には、本人が堪(こら)え性がないというケースもあったが、印象として上司の方に問題があることが多かった気がする。直属の上司が閲覧できないようにマスクをかけて、直接、社員の意見が吸い上がるようにした人事アンケートをしたこともあったが、複数の若手社員が同じ上司のことを嫌っている場合は、上司の方を異動させた方が離職者を減らすのに手っ取り早いということもある。④の承認の欲求は、昇給・昇格や人事評価の話で誰しも気になるところであるが、特に、外国人の場合に顕著に現れるものである。外国人は「この会社に在籍することが自分のキャリアになるか、経歴に箔(はく)が付くかどうか」を常に見ている。一定期間でも、在籍することによってキャリアアップが図れるかどうかを最も気にしている。昇給や人事評価に関しても日本人以上に敏感で、評価の理由を教えてほしいと詰め寄られたこともあった。人事評価は、その基準を明確にすることと、何といっても公平性を保つことが第一である。⑤の自己実現の欲求は志の高い人に見られるもので、注意すべきは、民間企業である会社というものが、そもそもその人にマッチしているかどうかという点である。民間企業に馴染めず、NPO（エヌピーオー）かNGO（エヌジーオー）みたいな非営利団体の方が向いている人も時々見られた。

いずれにしろ、いつの時代も、どんな社会でも、生きていく上で基礎となるのは①、②の一次的欲求であることは変わりないが、社会が繁栄し最低限の生活が保証されるに従い、金銭よりも時間の自由度を求める欲求の比重が高まると予想される。社会構造が複雑になるにつれ、人間関係のストレスの少ない働きやすい職場環境を求める二次的欲求もより高まると思われる。そして、グローバル化による個人主義の浸透などの要因により、他者から正当に評価され、自己実現もしたいという④⑤の高次の成長欲求の比重も徐々に大きくなっていくものと考えられる。このような時代の移り変わりに対応し、魅力ある会社として社会から認められるには、従来通り、給与や労働時間の改善は当然であるが、特に、働きやすい職場環境づくりや、社員の成長の機会を与える会社としての施策が決め手になってくるのではないだろうか。

新卒採用面接は、会社にとって一つの社会の扉である。学生たちの話や態度から、現代の若者の気質やものの考え方などを窺い知ることができる。面接を始めた頃は、気が付かなかったが、途中から、面接をしているのはこちらで受けているのが学生に違いないはずが、ふと、逆に、自分たちが学生から面接を受けているような心境に陥るようになった。少子化時代の学生は、いくつもの会社を見て回っているので、ある意味目が肥えている。そうなると、面接官の言葉の端々から、この会社はどの程度の会社かを、値踏みしているかもしれない。現に、内定通知書を出した後、辞退した学生が断る理由に、「こんな人が経営者でいる会社なんか行きたくない」という捨て台詞を残していったこともあった。面接はこちらからの質問が大半であるが、最後に、「そちらから何か聞きたいことはありますか」と必ず聞くことにしている。このときが勝負である。同業他社の同じような立場にいる人を意識し、いかに「流石」と思わせるか。面接に携わった終わりの頃は、そんなことを考えながら、面接に臨んでいた。面接官は、学生だからと侮らず、心して面接に臨んでほしいと老婆心ながら思う。

第二章　会社経営

一 健全な会社組織とは―協働意識の醸成―

「組織は戦略に従う」とは、アメリカの経営史学者アルフレッド・チャドラーの言葉であるが、初めから組織ありきではなく、社としての経営戦略があって、初めて組織は生まれるものである。これは、新規事業のことを考えてみれば容易にわかることである。初め、新規事業の種は、大概、一人の社員の発意によるものであるが、やがて賛同する者が集まり小グループを形成するようになる。そのうち、片手間ではできなくなり、永続性の観点からも組織化の必要性が生じてくることになる。そこには、組織成立の必然性がある。よく、経営トップが変わる度に、席替えをするように組織を改編するケースを見かけるが、それは意味のないことである。ポストを増やすために組織を小割りすることもあるが、これは本末転倒で、組織長のSpan of control（スパン・オブ・コントロール）の効く範囲で大部屋の方が、協働意識が醸成され自由度があるので、非常時の際に人の融通が効きやすく、対応しやすいものである。また、今では少なくなったと思われるが、かつて天下り人事などで行われていたように、人のあてがいぶちに組織を作るなどということはもっての外である。いずれにしろ、組織はむやみやたらと作るものではなく、必要に迫られて作るのが原則である。

次に、きちんとした合目的性のある組織を作っても、「仏作って魂入れず」というように、その組織に適切な人材をあてはめなくては機能しない。ならば、どのような人物をあてはめればよいかということになるが、やはり、「隗より始めよ」という言葉にもあるように、言い出しっぺ、組織化する前の小グループのリーダーであった者を配するのがベストであると思う。どのような組織もスタート当初は大なり小なり苦労が待ち受けているが、自分が始めたものならば、やる気も当事者意識もあるので、そういうときに辛抱が効くものである。間違っても、それまで一切関係がなく当該事業に関心もない人を、一つポストができたからといって、あてはめたのでは成功もおぼつかなくなる。

どのような製品やサービスを扱う会社でも、事業部門の組織形態は、縦糸（地域）と横糸（分野）のマトリックスで構成されるのが一般的である。縦糸（地域）としては、各地域に支店を組織化し、横糸（分野）としては、分野別の専門部署を組織化することになる。前者には支店長、後者には分野長がその責任者となる。いずれも、組織の利益代表なので、組織を大きく伸ばし利益を上げることに躍起になる。しかし、組織だけに任せておくと、他組織にお構いなく自分の組織だけの利益を求めて突っ走る集団が出てきて、組織間での反目や過当競争が生じ、会社全体では非効率でバランスを欠き、様々なリスクを背負い込むことになる。組織は、作られたと同時にその目標に向かって邁進することになるが、それ自体は至極当たり前で何の問題もないが、そういう組織が複数集まると、全体としてそれでよいのかという問題が生じてくる。即ち、各組織だけを見れば最適（部分最適）にはなっているが、総合的に見ると全体として最適（全体最適）にはなっていないという面がでてくるからである。たとえば、各組織の計画を足し合わせると、とても実現できないような計画になったり、リスクが重複され、それを回避するために莫大な予算が積み上がったり、各組織が必要と考える要員を足し合わせると、総人件費が膨れ上がり経営を圧迫するといった、合成の誤謬ともいえる新たなリスクや問題が生じることもありえる。そうならないためには、ミクロな視点だけでなく、マクロな視点から全体を俯瞰し、経営資源（人、物、金）を配分する必要がある。事業部門全体としては、経営資源は限られているので、どの地域を強くするか。あるいはどの分野に重点を置くかという戦略に応じて、経営資源を配分することが重要となる。

四〇代の終わり頃、事業部門のスタッフとして、縦糸（地域）と横糸（分野）との調整役を数年間担ったことがあった。事業部長の命を受け、縦と横の組織長から構成される

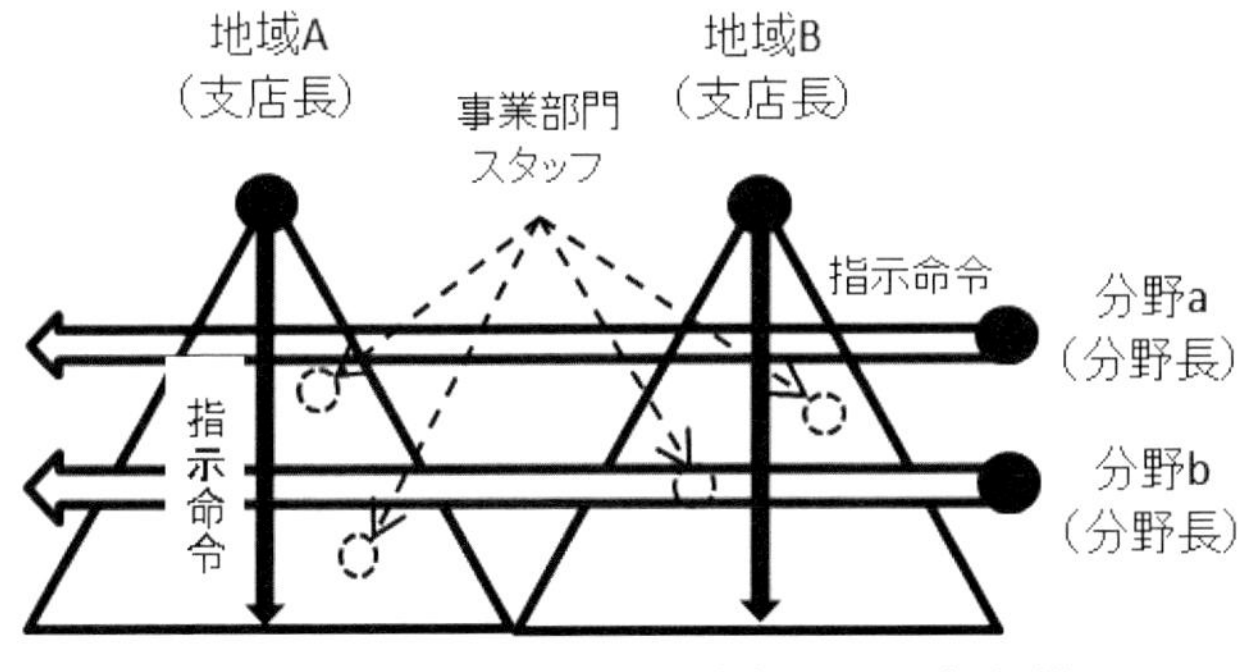

事業部門のマトリックス（地域・分野）組織

バーチャルな委員会組織を立ち上げ、その事務局となり、合意形成を図るように努めた。毎年、その年度の利益計画、要員配置を決めるときは、互いの主張が折り合わず、支店長、分野長も組織代表なので一歩も譲らず、毎回、喧々諤々の議論が巻き起こった。そうなると、計画が容易にはまとまらなくなる。声が大きく見せ方がうまいなど、駆け引きや立ち回りに長けた者だけが得しないように、できるだけ公平なルールの下で調整するように心掛けたが、何の責任もないスタッフごときに指示される筋合いはないと突っぱねられることも少なくなかった。マトリックス組織を考える場合、縦糸（地域）と横糸（分野）は、いずれも指示命令系統が実線で結ばれているのでわかりやすく、ヒエラルキーがはっきりしている。組織の長が人事権を握っていて、業績の評価者にもなっているので、パワーマネジメントが行使でき、統制が効きやすい。それに対して、スタッフの場合は、人と人とが不連続な破線で繋がっているに過ぎないので、社員に対する直接的な強制力がないため、パワーマネジメントが行使できない。従って、各組織長との調整の結果得られた提案事項などを伝達する場合でも、その徹底度、効果の度合いは、スタッフの意欲と社内における信頼度によって大きく異なり、指示内容に関する専門性の高さと人間としての信頼感がより一層求められる職務であることを痛感した。

「戦略は構造化されて初めて活き、その第一歩は組織をつくることである」ということは確かであり、一旦、組織ができれば、人が変わっても誰かが継承するので、永続性は確保されるというのが長所である。しかし、その反面、時間の経過とともに、組織は硬直化してしまうという欠点がある。組織の設立当初の本来の機能が薄れ、形骸化してしまう可能性がある。時代の流れとともに、組織を変革していかねばならないのに、旧態依然（きゅうたいいぜん）のままであるという事例はよく見かける。願わくは、時代のニーズ、需要に応じて、形を変えることができる組織が望ましい。時と場合によって、再編が可能で、柔軟性がある方が、環境の変化に対応できる強い組織といえる。そのためには、まず、構成員である社員一人ひとりが、自分の専門も大切であるが、それに固執せず、できれば、周辺領域の仕事もこなせる、一刀流ではなく二刀流、三刀流になることが必要である。同時に、社内に、共通の目的を目指す連帯感、協働意識を重んじる企業風土があることが不可欠である。組織長の中には、自分の手柄を増やす、あるいはそのように見せかける、組織を私物化し自分の出世に利用するなど、自分の組織さえよければよいという社内政治を得意とする族（やから）をときたま見かけるが、そういう個人のエゴやわがままが罷（まか）り通り、それが野放図になってしまうと、社内に不平・不満がつのり協働意識が失せてしまう。それを防ぐには、組織の不文律を定め、何が尊ばれる行為なのか、何をしてはいけないかということを評価基準に明確化し、場合によっては、牽制（けんせい）機能も加味して信賞必罰により統制を図る必要がある。自分以外の組織のことにも気を配ることができ、融通性があり、大所高所から全体最適を考えることができる器の大きい人が尊ばれ、協働意識が育まれる企業風土があることが、事業環境の変化に対する耐性があり、かつ、社員が働きやすい健全な会社組織といえよう。

二　人事について思うこと—公平と公正—

「人事を制する者は会社を制す」とまではいかなくても、人事は会社を良好に運営する上で非常に重要なことである。会社の業績の良し悪しは、煎(せん)じ詰めれば、構成員である社員一人ひとりのやる気にかかっているといっても過言ではない。いかに、会社にとって効果的であり、社員にとっても納得性のある人事を行うかが大事である

我々、団塊の世代が入社した頃は、明確なものはなかったが、現在は、多くの会社で目標管理制度なるものが導入されている。社員各自が年度の初めに自らの目標を考え、上司との面接を通じて会社の方針との整合を図り、年度目標を定めるものである。目標としては、大まかにいえば、担当部署の業績目標と資格取得などの自己研鑽目標がある。その後、四半期、あるいは半期ごとに進捗状況がチェックされ、年度末に設定した目標に対する達成度を判断され、人事評価の有益な資料とされることになる。人事評価には、大きく、業績評価と人材評価がある。業績評価は、対象期間の数値目標値に対する達成度を評価するもので、A、B、C、D、Eの五段階で評価し、その結果は、賞与に反映されることが多い。部署ごとに割り振られた賞与の総額を、評価の高い者から順に一定比率で振り分けることになる。この場合、よく問題になるのは、達成度を上げるために、とかく初めから目標値のハードルを下げようとする気持ちが働くことである。これが罷(まか)り通ると、誰も努力をしなくなり、会社全体として業績が伸び悩んでしまうことになる。これを避けるには、目標

の達成度と同時に、目標値の設定度も評価対象とするのが順当である。そうすることにより、自ずと、高い目標にチャレンジしようとする気持ちもわいてくるものである。

人材評価は、言わば、人格の良し悪しを見るものである。業績評価と異なり、一時的な賞与に反映されるのではなく、昇給昇格に反映されることが多い。Aランクの人は昇格が早く、Eランクは昇格が遅いことになる。悩ましいのは、業績評価と同じく五段階で評価されるわけであるが、構成員数に対する各ランクの比率が決まっている相対評価なので、部署内で山なりの分布を作る必要がある点である。つまり、Cランクを平均とすると、AランクとEランク、BランクとDランクを同じ比率としなけ

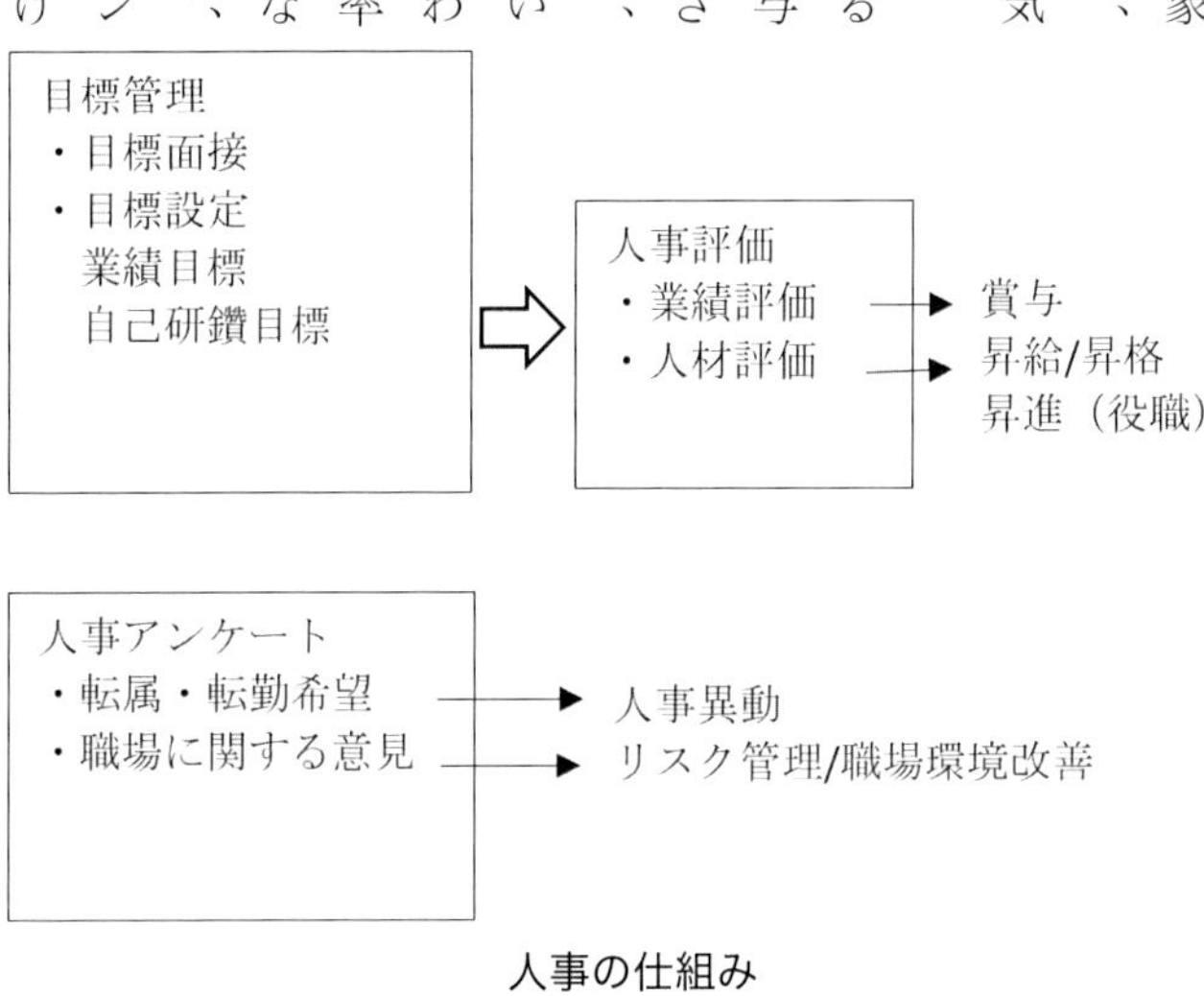

人事の仕組み

ればならないということである。当然、グループのメンバー構成によって運不運がでてくるので、それを防ぐため、評価結果が上部組織に持ち込まれる段階で微調整することにはしている。目標面接では、この評価結果を本人に開示することを推奨している。しかし、誰しも自分は精一杯仕事をしていると思っており、Ａランク以外は不平が残るのが実情なので、このやり方は、必ずしも好結果をもたらすとは思えない。人材が流動的で個人主義が浸透している欧米流の会社ならまだしも、共同体的な日本の会社の場合は、社員のやる気を削ぎかねないので、一考を要すると思われる。

人格は、長年月かかって身に付いたものが自然と醸(かも)し出てくるもののように思う。たとえ、人に良く見られようと計算尽くで動いたとしても、人はそう容易く別人を演じられるものではなく、すぐに見破られてしまうものである。異なるバックグラウンドの人が、違う切り口で見ても、誰もが信用できる人、共感層が広く人気のある人、例えていうならば、どこから見ても円に見える、球のような存在が、人望があるということのように思う。意外と、社内で育った人よりも、外から来た人の方が、主観が入らず、また、大勢の人に接しているので人格を見抜く力があるようにも感じられた。人は、努力が認められ、所属する組織から高評価が得られればやる気を出すし、低評価ならば意気消沈するものである。

故に、人の評価を透徹した眼で公平に行うことは、何にもまして重要である。

サラリーマンにとって、係長、課長、部長などの役職人事は、最も気にかかるところである。これらのポストが、給与の多寡は別にしても、家庭内も含め社会生活を営む上での、ステータスになっているのは事実である。社内における同期入社の最大の関心事の一つでもある。給与は三〇代半ば位までは、生活基盤のこともあるので、完全な年功序列とはいえないまでも、概ね、社歴に応じて付与される社内資格に沿った水準になっている。一方、役職人事は、大概、期間ごとの評価結果をもとになされている場合が多いが、社歴が積み重ねられるに従い、程度の差こそあれ、必ずしもルール通りにはなっていない面が出てくるのが常のように思う。貢献度が高くても、「ポストを与えなくてもやるやつは後回しでもよい」という安易な考え方を持つ上司がいるのも事実である、特定の人を、ポストに残す、残さないで役職人事のルールの方を変えるということも無きにしもあらずで、そうなってくると、多分に社内政治的色彩を帯びてくることになる。望むべくは、えこひいきのない役職人事である。どういう成功体験があり、それが活きる局面かというのが、一つの人選の決めてのように感じる。逆に、場合によっては、気にいった部下でも、不祥事を起こした場合は、「泣いて馬謖（ばしょく）を斬る」というメリハリがあってもよいように思う。

現役時代、人事部門に所属することはなかったが、現業の管理者として人事評価や人事異動に関わっただけでなく、人事アンケートという社員の意見を吸い上げる全社的なシステムの構築と運営に取り組んだことがあった。このアンケートは、職制による目標管理面接や人事評価とは別ルートで、全社的な立場から、直接、社員の転属・転勤希望や職場に関する諸々の意見を吸い上げるものである。パソコンを利用し、課長、部長、事業部長と、職制別に閲覧範囲を限定し、最終的にはアンケート担当者しか閲覧できないようにマスクをかけることにした。初め、人事部門からは、「人事権は会社にあるのだから、いちいち、本人の意向を聞く必要はない、ダブルスタンダードになる。寝た子を起こすようなものだ」と強く反対されたが、最終的には、その有効性が理解され、全社的に実施されるようになった。転属・転勤希望を事前に把握しておくことは重要で、転勤の辞令を出した直後に、「実は田舎に帰る予定があるので退社します」ということがわかり、慌てて代わりの人に転勤命令を出したことがあった。このようなケースの場合、「玉突きで誰かの代わりに、あてがいぶちとして異動させられた。俺は、あいつの代わりか」という思いは、いつまでも尾を引くもので、こうしたミスマッチをなくすためにも、事前に対象者の要望を把握しておくことは大事である。このアンケートを実施する前も、目標管理面接時に直属の上司が転属・転勤希望を確認することになっており、上司が自分の評価に関わると思い都合の良いように修正する傾向が見られたが、このシステムが運用されてからは、そういう心配もなくなった。人事アンケートは、転属・転勤希望だけでなく、部下からの上司に対する評価や意見も吸い上げられるので、パワハラ、セクハラなどの兆候を事前に察知することができ、労務上のリスク管理、職場環境改善にも一役買うことができたと思っている。

人事異動は、様々な理由でなされる。第一の目的は、社の業績を伸ばすために、適材適所に人材を配置することである。新たな組織を立ち上げるための抜擢（ばってき）や、需要の拡大に合わせて必要な要員を動員する場合なども含まれる。それとは別に、長期的な組織の存続のため、教育的見地から、様々な経験を積ますための異動もある。この目的の場合は、同じ場所にいても自らを変えていくことができる人間は、あえて異動させる必要はないが、その場所に安住し成長が見込めない人は異動させるのが適切であろう。ただし、役所で行われているキャリア制度などは、成長のためというよりは箔（はく）をつけるという側面が強いと思うので意味合いが違ってくる。不祥事が発生したときに、組織として示しをつけるため、粛清とはいわないまでも、言わば、見せしめとして行われる左遷人事もある。これも、組織の統制を図るためには、ある程度、仕方ないことではある。問題なのは、扱いづらい部下がいた場合に、恣意的に他部署に追いやるというものである。人は、残念ながら、扱いやすい人、尽くしてくれる人を傍に囲っておきたいもののようであるが、このような上司のご都合主義は、厳に慎むべき行為といえよう。

総じていえば、人事は、表面的には公正に見えてもそうとは限らない面があり、運不運はつきものである。でき得れば、すぐには事情が許さないにしても、長期的には、周囲の誰もが納得する人事が可能なように、利害関係のある当事者ではなく第三者が理不尽なことを監視できるようなシステムを、組織として導入すべきと思う。

三　会社にとって研究開発とは―場と創造―

会社は、何らかの製品やサービスを提供し業を営んでいる。しかし、その製品やサービスが、未来永劫、社会から受け入れられるとは限らない。時代の移り変わりとともに、社会のニーズも、顧客の指向も変化するので、新たな製品やサービスを開発し導入していく必要が生じる。即ち、製品やサービスには、人間と同じようにライフサイクルがあり、図に示すように、導入期、成長期、成熟期を経て、やがて衰退期を迎えることになる。従って、今、社会に提供している製品やサービスがヒットし、会社の業績に貢献しているからといって、安閑としているのではなく、常に、時代の先を見て、社会のニーズに応えられる新たな製品・サービスを開発することが必要となる。手順としては、図中に示すように、社会のニーズはあるが、それに対応した製品・サービスが顕在化していない段階で、その製品・サービスAに関する研究開発を開始する（導入期A）。そして数年後、製品・サービスAが概ね完成し活用範囲が拡大する成長期Aに入った段階で、次の製品・サービスBに関する研究開発に着手する（導入期B）。次に、製品・サービスAが大きく業績に貢献する成熟期Aを迎えたら、そこから得られる利益の一部を、製品・サービスCの研究

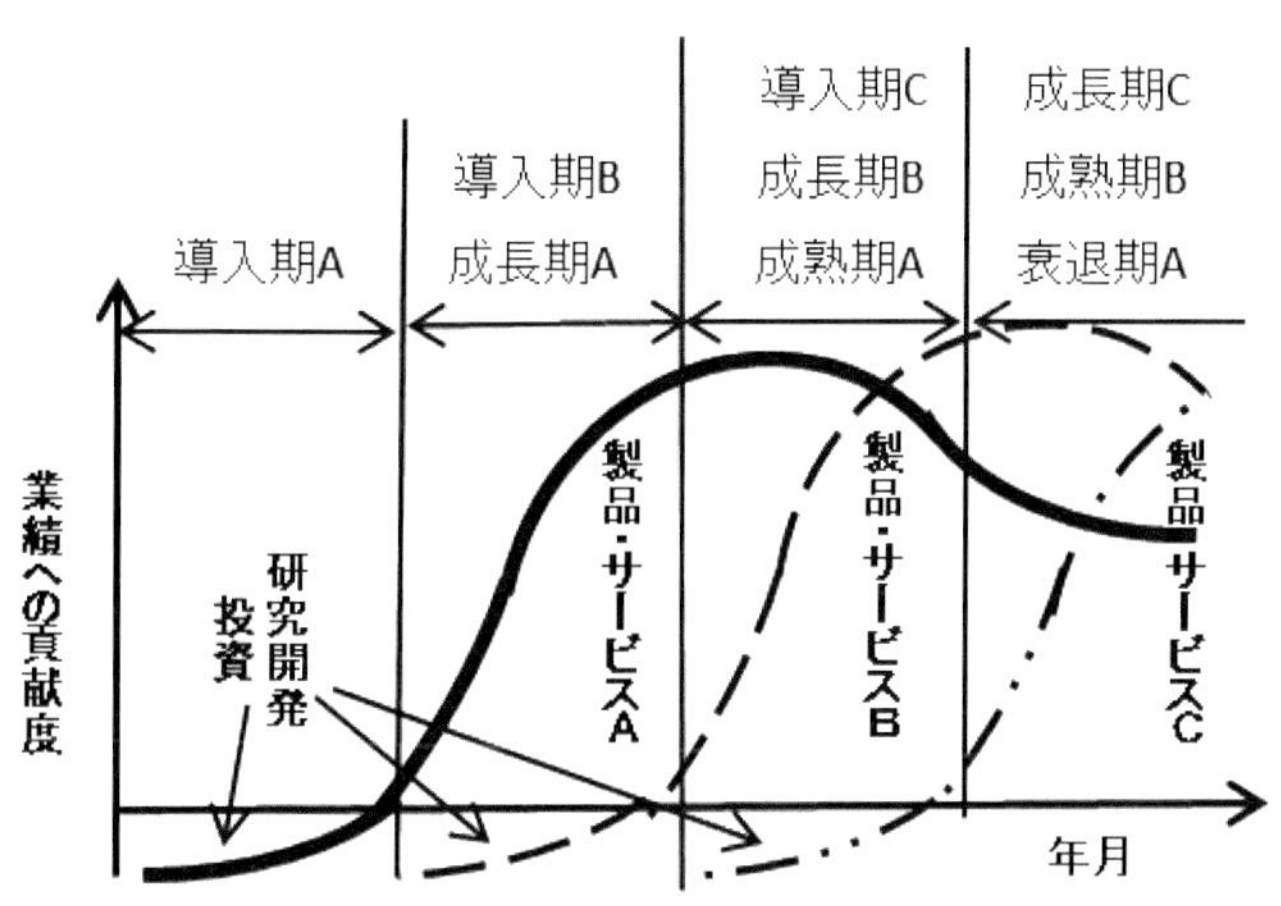

製品・サービスのライフサイクルと研究開発投資

開発に振り向ける（導入期C）。そうすることにより、製品・サービスAが衰退期Aを迎えた時も、製品・サービスBが成熟期B、製品・サービスCが成長期Cをそれぞれ迎えることにより、トータルとして社の業績を支えることが可能となる。

このような製品・サービスの好循環を達成するには、いかに将来性のある研究テーマを多く選定するかが重要となるが、研究テーマの選定には、大きく二つのアプローチ方法がある。一つはニーズ（需要）型ともいえるもので、社会のニーズから探る方法で、顧客により近い事業部門の要請により選定される場合が多い。短期間のうちに成果の活用が期待される応用研究が主体となる。主に、既存事業を強化・改善することに貢献する。もう一つは、シーズ（種）型ともいえるアプローチで、科学の発展により新たに登場した技術を用いて、既存事業で取り扱っていない新たな製品・サービスを開発するケースである。既存の製品・サービスに囚われないということで、研究部門からの起案が多い。中長期的な基礎研究となるため、早期に成果を得ることが難しい面がある。

四〇代中頃までは研究畑というわけではなかったが、学位を取得したことにより、その後、定年近くまで、途中、事業部門に席を置いたこともあったが、延べ一〇年近く、社の研究開発の責任者を任された。研究開発は、組織としては研究所が主体に行っていたが、研究所といっても、勤めていた会社程度の規模では、全社的な支援は限られていたので、どの事業部門からも干渉されないサンクチュアリ（聖域）というわけにはいかなかった。もちろん、稼ぐ部署でないことに変わりはなかったが、その運営は、全社的な投資はあるものの、受益者負担ということで、事業部門からの研究開発投資でなり立っていた。従って、独立採算でなり立っていた事業部門から見ると、いくら投資だからといっても、コストセンターに違いないわけで、ただ飯を食っているのではないかとか、好き勝手なことをしているのではないかとか、常に、監視される立場にあった。そういう経営上の社内事情もあり、年度初めに各事業部門から研究開発投資を引き出すのが一苦労で、景気が傾くと投資額が減額され、研究者を養えないので、研究を打ち切り、研究者を事業部へ転属させなければならないことも時たまあった。ことほど左様に、研究開発といっても、気楽にマイペースでやれるわけではなく、本社や事業部門から機会あるごとに厳しくチェックされ、常に、その投資効果を追求されていた。そんな中で、研究員のパフォーマンスを最大限引き出し、できるだけ早期に活用可能な成果を得るには、職場環境や人材マネジメントにおいて、それなりの工夫が必要であった。

研究開発の仕事が、事業部門の仕事と異なる点は、未知の領域へ挑戦し新たなものを生み出す行為なので、より創造性が要求される職務であるという点である。もとより、ルーチン型ではないので、場所と時間に縛られ気持ちが萎縮していたのでは、なかなか自由な発想は生まれない。創造性が発揮される環境とは、一言で言えば、セキュアベース（安全基地）があるということである。丁度、子供が母親という安全基地が確保された中で、安心して羽を伸ばし好奇心に駆られ自由に探索ができるように、会社においても研究組織の上司や同僚と部下との信頼関係が築かれているのが、創造力が掻き立てられるベストの状態といえる。自由な雰囲気の大部屋の中で、複数の人間が「ワイワイガヤガヤ」とブレインストーミングすることで、お互いが刺激され、多くの情報が飛び交ううちに、思いがけない発想が浮かんだり、独創的なアイデアを思いついたりすることは往々にしてあるものである。研究は思索に時間を要する孤独な仕事であり、ともすると袋小路に入り堂々巡りになりがちである。そんなとき、研究者仲間から刺激を受けたり、何気ない会話の中から、悩んでいた問題解決の思わぬ糸口がつかめたりすることも少なくない。ただし、その場は、ブレインストーミングの鉄則にあるように、管理のための審査会ではないので、リーダーやまとめ役は必要であるが、社内のしがらみに拘束されず、意見やアイデアが批判されることがなく、自由に自分の発想を表現できる場であることが望ましい。本来、コミュニケーションは、何を言い出すかわからない他者を相手に、一つ一つの言葉を即座にやりとりするわけだから、まさに、ひらめきの連続で、創造力を養う格好の道場と言える。よく、環境が人を育てるというが、研究組織のあちこちでブレインストーミングが湧き上がる雰囲気と、それを許容し、むしろ尊ぶ企業風土があることが大事である。そもそも、人間の楽しい、嬉しいという思いは、不確実性や偶有性の中に身を置きそれに対処することを通じてもたらされる感情で、創造的行為に伴い、脳にドーパミン（報酬としての脳内通貨）が分泌する（与えられる）ことにより、人間は日々生き生きと生活できるというのが、脳科学的な解釈のようである。

研究者のやる気を保持する上で、良好な研究環境、場とともに重要なのが研究開発評価である。研究開発は投資である以上、開発成果に対する評価が問われることになる。開発成果の適正な評価は研究者のモチベーションに直結する。研究開発の評価手法としては、有形のものと無形のものとがある。有形のものは業績への貢献である。これは、研究開発した成果が、どのくらい事業部門の業績に寄与したかを問うもので、それまでにかかった研究費に対するリターンとして、ある程度定量的に表示することが可能である。一方、業績以外の無形の研究開発成果としては、論文発表や専門分野における学会などからの表彰・

受賞などが挙げられる。これらを数量的に扱うのは難しいが、社のステータスやブランド価値の向上に貢献するのは確かなので、正当に評価する必要がある。特に、基礎研究は、初めから事業部門を通じて売れ筋が決まっている応用研究と異なり、大化けする可能性もあるけれども、最終的に、海のものとも山のものともわからないケースも少なくない。そういう長期間を要するテーマを担当する研究者のモチベーションを維持するためにも、無形ではあるが間接的な評価も重要な意味を持つ。

いずれにしろ、研究開発成果を実際の実務に結びつけるのは、それが汎用性の高い将来性のある根幹的なものになるほど、容易ではない。事業部門への技術移転にも手間を要する。しかし、研究開発投資は会社を存続する上では避けて通ることのできないものであるのは確かであり、良好な研究成果を得るためには、研究者が仕事をしやすい場の提供と、研究者のやる気が途中で失せないように周囲が辛抱強く見守ることが、何にもまして必要なことのように思う。

四　魔の川、死の谷、ダーウィンの海―新規事業への挑戦―

四〇代中頃から、学位を取得したのをきっかけに、社の研究開発全般に関わるようになった。研究開発テーマの中で、事業部門から依頼された研究開発は、既存の製品やサービスに新たな付加価値を与えるような応用研究が多く、開発期間も短くて済む。そして、成果を事業部門でも使いこなせるように、講習会や研修会を開催し、技術移転できれば概(おおむ)ね完了ということになる。その一方で、事業部門からの依頼があったわけではない基礎研究の成果をもとに、新たな事業を立ち上げるとなると、そのプロセスも大変で、長時間を要することになる。研究所の責任者を任されていた頃、たとえば、間伐材を活用したバイオマスガス発電や、微生物を利用した汚染された土壌の浄化など、いくつかの事業化を目指したテーマに取り組んだことがあった。

研究開発からその成果を活用し事業化するまでの流れの中には、三つの障壁があるといわれている。まず初めに立ちふさがるのは、「魔の川」と呼ばれる障壁である。研究開発成果がサイエンス（科学）のレベルで終わるか、社会のニーズに直結したようなテクノロジー（技術）となりえるかという点である。研究の結果、理論的には可能で実験室では成功したからといって、その段階では製品化されたわけではなく、技術として現場で適用可能になったわけでもない。研究開発成果を社会に何らかの価値を与える技術として構築する際には、研究開発成果の基幹技術単独ではなく、いくつかの異業種の周辺技術を必要とし、それらを組み合わせパッケージ化することが一般的である。必然的に、研究段階から大学も含めた異業種と共同体を組むケースが多くなる。その場合、どのパートナーを選ぶかが先々大きく影響することになるが、肝心なのは、お互い相手から見て魅力的な価値ある特化技術を所有しているかどうかという点である。その意味で、借り物でない自社開発のオリジナル技術を持っているかどうかが重要となる。また、この段階で留意すべきは、技術のアイデアが浮かんだら、その段階で、早期に、模倣されないための特許や著作権の権利化を行うことである。いずれにしろ、この段階で大事なことは、開発された技術に新規性、独創性、優秀性があるという点である。

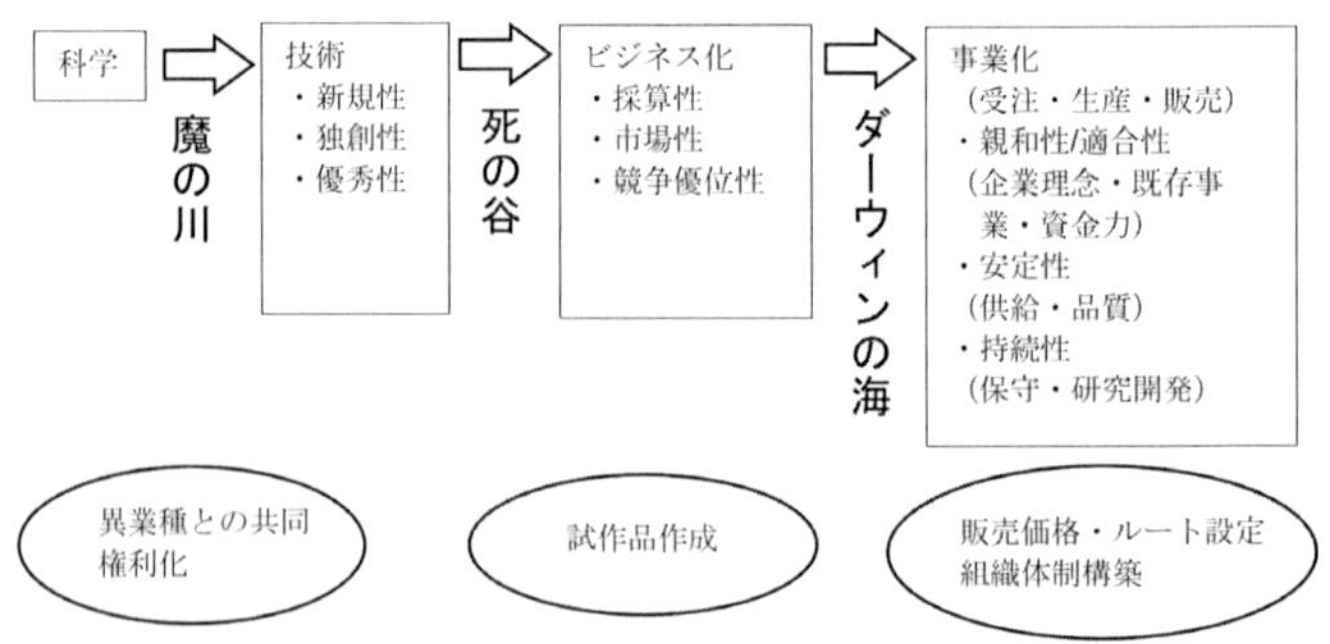

研究開発から事業化の流れ

二つ目の障壁は「死の谷」という障壁である。技術を活用した製品・サービスが出来上がっても採算性がとれなければビジネスにはならない。いくら製品・サービスが優れていても、コストがかかりビジネスとしては成立しない場合も少なからずある。制作した試作品（プロットタイプ）の製作コストから割り出した最低価格と、市場性から見た価格を両睨（にら）みし、採算性があるか、ビジネスとして成り立つかどうかの見通しを立てる必要がある。また、新規事業の場合、これまでの既存事業のフィールドとは違うので、競争環境がどうなっているかを予（あらかじ）め確認しておく必要がある。社のポジションが、リーダー、チャレンジャー、ニッチャー、フォロワーの何れなのかを当初から認識し、競争優位性があるかどうかを確認しておくことが重要である。

三つ目の障壁は、「ダーウィンの海」である。新技術を核とした製品・サービスの試作品（プロットタイプ）が出来、採算の見通しがたったとしても、即、市場に導入するには不十分である。事業化は、大きな投資を伴い、また、顧客対応の面からも、旗を挙げたら容易に撤退するわけには行かない。詳細の検討に入る前に、まず確認すべきことは、既存の社の事業との親和性、適合性に関するチェックである。ビジネス化は可能としても、企業理念と整合するか、既存事業との相乗効果はあるか、資金力に見合った事業規模かなどに関して留意する必要がある。次に、安定供給、品質確保のために、まず、販売価格の設定と販売ルートを検討する。販売価格は、一旦決めたものは明白な理由がない限り変更できないので、先々を見通し慎重に決めることが肝心である。その際、生産コスト、適正利潤、これまでの開発費用の転嫁を加味した生産価格と、競合商品や代替品の市場価格の両方を考慮する必要がある。販売ルートは自社販売が最善策とは限らず、既に、強力な販売網を擁する組織と代理店契約する方が販売促進の面でも得策である場合も少なくない。また、拡大する市場に対応する、あるいは新たな市場を創成するには、受注、生産、販売の組織体制の構築が必要となる。生産に関しては、小口の注文生産のうちはよいが、商品がヒットし安定供給のための大量生産が必要となった場合は設備投資を行い量産体制を構築する必要が生じる。また、一定の品質の確保のためには、品質保証のための技術監査システムなども必要で、事業の持続性を担保するには、販売後の保守（メンテナンス）や、新たな商品を開発するための研究開発投資なども不可欠になってくる。

研究開発成果を活用した新規事業の立ち上げは、「千三つ」と言う人がいるように、成功すればリターンも大きいが、その確率は極めて低く、ハイリスクであることは間違いない。時代性や運不運もあり、うまくいっても軌道に乗るまでに一〇年以上を要する場合も少なくない。着眼は大局でも着手は小局から始めるべきであり、致命的な痛手を負わないためには、当初から撤退の条件や仕組みをビルトインしておくことも大事である。とても職制に応じて義務的に扱える代物ではなく、担当者はオーナーシップを持って不退転の覚悟で取り組む必要がある。また、担当者が社内では専門家として認められていても、一歩外へ出れば素人の域を出ないことも間々あり、そのような場合は事業化促進のため経験の豊富な人材を外部から招聘（しょうへい）することも考えるべきである。

冒頭に紹介した二つのプロジェクトも、「魔の川」は何とか渡り試作品の完成までは行ったが、ビジネス化のためには、技術の完成度が不十分で、「死の谷」を越えることはできなかった。完成までは相当時間を要することがわかり、勤めていた会社の規模では耐えられないと判断されたため、共同開発していた規模の大きい会社にそれまでの成果を渡し担当者を移籍させたり、共同研究していた大学に開発技術を移管したりして、社としては撤退せざるを得なかった。新規事業は、事業に惚れ込み困難を乗り越える情熱と強い意思を持った人材と、それを根気良く見守るサポート体制があり、たとえ失敗に終わっても担当者がそれを理由に不利益を被らない仕組みがあって初めて成就する仕事のように思う。

第三章　事業運営

一 民間の宿命―仕事を取るということ―

学生時代、就職先を見つけるにあたり、どんな仕事をやりたいかということは考えたが、民間会社と公的機関の違いなどは余り考えなかった。公務員は安定しているが、何かと縛りがあり窮屈で、それに対して会社員は自由度があるというイメージ程度は持っていたが、民間であるか公共であるかというよりも、どちらでも構わないので、やりたい仕事ができるかどうかということを基準にして、就職先を選んでいたように思う。同期の中には、民間会社に行く人や公務員になる人もいたが、自分と同様に、その違いについて、さしたる考えがあったわけではないように見受けられた。大学を卒業し希望した民間会社に無事就職することができ、サラリーマン生活をスタートさせたが、四年ぐらいは、上司の指示に従い任された仕事をしていただけだったので、特に、民間であることを意識することもなく済んでいた。

ところが、五年目、新設部署に転属になり、否応なく、民間と公共の抜本的な違いを思い知らされることになった。「民間は仕事を受注しなければ始まらない。仕事を取って何ぼという世界である」という現実であった。公共は仕事を発注する側で、民間はそれを受注する側という、甲と乙の関係が、歴然とあることを目の当たりにした。親が公務員（教師）でなく民間に勤めていたら、もう少し早く、このことに気づいていたかもしれない。新設部署には、一応、分掌規程というものがあり何をやる部署かはわかっていたが、専属の営業担当は一人もいなかった。予め用意された仕事は皆無だったので、必然的に自ら率先して仕事を取りに行かなければならないということになった。通常、受注のことは、課長、部長などの管理職になってから考えるものであるが、その部署は一〇人足らずの小さいものであり、仕事がなければ組織はつぶされる運命にあったので、全員一丸となって、仕事を取りに行かざるを得なかった。もちろん、指名願いや入札行為に関わるわけではなかったが、実質的に、自分が動かないと仕事が入ってこない状況であった。

　たまに、事業部の営業部門からくる話は、他の部署をたらい回しされてきた案件や、入札したものの、どこも受ける会社がなくて不調になり、再入札となった案件などが多かった。それでも、初めは仕事が入るだけで嬉しかったが、あるときなど、初めて打ち合わせに行った客先で、いきなり「懺悔の気持ちでやってほしい」と言われ、以前、他の部署がトラブルを起こした継続案件で、その事を営業部門がひた隠しにしていたことが、後で判明したこともあった。まさに、はめられたわけである。ことほど左様に、新規部署がスタートしてから一、二年は、生きるために、社内から「だぼ鯊（はぜ）」、「落穂拾い」と揶揄（やゆ）されるほど、貪欲に仕事を漁（あさ）っていた。次第に、「仕事は取った段階で八割は終わっており、生産、そこから生まれる利益は、いうなれば内輪の問題である」というような意識が身に付いていった。しかし、「訳あり」のマイナスからのスタートの仕事でも、顧客と知りあうきっかけであることには違いなくて、ある意味、チャンスといえばチャンスで、良い成果を収めることにより、それが評価され、次の仕事に繋がるようなケースも見られるようになっていった。そんなことが重なり、お得意さんもでき、リピート率も高まり、徐々に受注も安定するようになっていった。

民間会社は、受注産業である以上、受注がなければ始まらない。受注先となるのは、図に示すように、ミクロ的な視点で見れば直接の発注者である個別の顧客であるが、マクロ的な視点から見れば、その背景には、常に社会のニーズとそれを実現するために用意された資金というものが存在する。会社側のリソースとしては、技術と人材があり、それを製品やサービスという形で顧客に提供することになる。個別案件の受注は、所定の入札行為を経て行われるわけであるが、重要なことはそれ以前のプロモーション活動である。実際の入札は、与えられた要件に対して会社側が提案書（プロポーザル）と見積書を提出し、競争原理に基づいて行われる。しかし、プロモーション活動を通じて相手の意向と詳細の情報が分れば、限られた紙面の中に顧客のニーズに的確に応える内容を凝縮して表現することができるので、他社よりも優れた提案書を書くことができることになる。プロモーション内容は、既存顧客に対しては、顧客の悩みや新たな課題に応えるための新技術を、新規顧客に対しては、信用を勝ち取り、お得意さんになってもらうための競争優位性のある得意技術を提案するのが定石である。それを可能にするには、新技術を編み出すための研究開発とそれを技術サービスという形で提供する人材の育成が必要となる。また、実際に受注・契約に至るには、これに加えてコスト競争力も必要となる。なお、見積りは、ふっかけるのは顧客との信頼関係にかかわるし、安かろう悪かろうというわけにもいかないので、高い安いというよりも、あくまで、リーズナブルなものが好ましいといえる。

プロモーション活動をする上で大事な視点は、ハーバード大学教

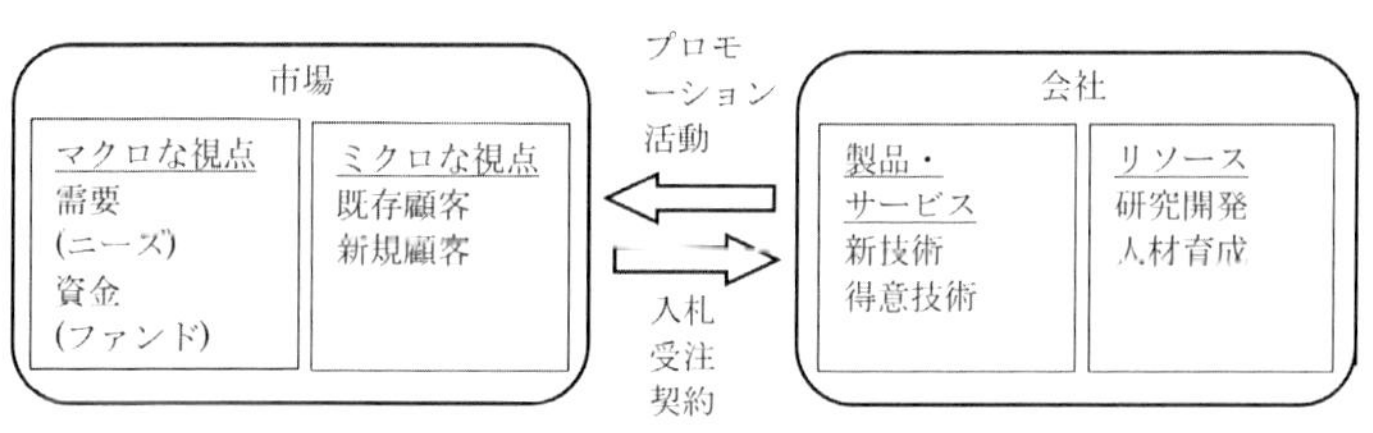

仕事を取る仕組み

授セオドア・レビットの提唱する「マーケティング近視眼」に陥らないことである。セオドア・レビットは、アメリカの鉄道会社が、市場が成長しているにも拘らず凋落していった原因として、自らの仕事の範囲を鉄道に規定したためで、鉄道という物理面でなく輸送という機能面で定義していれば、さらに発展が見込めたはずだと分析している。自らの仕事の範囲を限定的に定義してしまうと、既往の事業の枠に囚われ、会社にとって挑戦に値する新たな事業に対して、確信を持った投資ができなくなり、将来の有望事業を立ち上げる千載一遇のチャンスを逃しかねないという戒めの言葉として引用される場合が多い。仕事を取っていく際、ともすると、現有のリソース（技術と人材）に拘り執着し、守備範囲を限定的に考え、成長市場を見逃し自らの発展可能性を狭めがちである。これを回避するには、周辺領域へも視野を広げ事業範囲を自ら再定義することも必要かもしれない。

毎年、年度の初めになると受注計画を立てることになるが、そのときが一番悩ましい。若手社員のときもそうであったが、経営者になってからも同様で、勤めていた約四五年間、仕事を取るということに多くの神経を使ってきたことだけは確かである。おそらく、社長に上り詰めた人も、その思いは変わらないのではないだろうか。これは、業種を問わず、民間会社の宿命といえる。親方日の丸という言葉があるが、これまで、日本は、役人天国といわれてきた。高級官僚になり天下りを何回も繰り返せば、その都度、退職金を何回も受け取れるので、生涯収入は通常の何倍も得ることができることになる。大学を卒業し就職してから、仕事上で公務員になった同級生とときたま会うことがあったが、驚いたことに、育ちというのは恐ろしいもので、立場によって斯くも振る舞い方が違うようになってしまうかと、愕然とさせられた。こちらは、金儲けと謝罪に日夜追い回されているのに、食い扶持を稼ぐ必要がなく、黙っていても生活に困ることがないという境遇を羨ましく思ったこともあった。もっとも、最近は社会の目が厳しくなり、一旦、社会的問題が生じると「監督不行き届き」ということで、役人がマスコミのやり玉に上ることも出てきて、公務員の人気も陰りを見せた感はあるが、やはり、我が国においては、残念ながら、官尊民卑の意識は、今も根強く残っているように思う。

生前、公務員であった父親から、もっとも、これは公務員といっても教師であったからかもしれないが、「商売をするということはどこかで誰かをだまして金儲けをしていることだ」という正論をよく聞かされた。斯くあるべき論である。そんな家庭で育ったので、就職し仕事を取る段になり、初めは面食らったのと、後めたい気持ちになったこともあった。しかし、長年、勤めているうちに、世の中の仕組みもわかり、考え方も変わっていった。思えば、資本主義社会は、民間会社があるからなり立っているわけである。民間会社が、仕事を受注し得られた利益から税金を納めることにより、世の中が回っていることは間違いない。民間がリスクを覚悟で新しいことにチャレンジするから、付加価値が生まれるのである。役所だけでは、何の付加価値も生まれない。振り返ると、民間会社に勤めて民間ならではの苦労もあったが、公務員よりも幅広い経験ができたのではないかと思っている。庶民的視点からお金の持つ意味も理解し、世の中の成り立ちようもわかり、人間の世知辛さも含めて、大げさに言えば、人間存在に関して深い理解が得られたように思う。民間で、日夜、精を出して働いておられる方々に言いたいことは、民間は、一見、縁の下の力持ちに過ぎなくて、社会の中で割に合わない役回りのように思えるかもしれないが、けしてそういうことではなく、むしろ、資本主義経済を動かす主役であるという点である。そういう気概と誇りを持って、自らの仕事に取り組んでほしいものだと切に願っている。

二　利益と品質―生産性を考える―

バブル崩壊後、失われた一〇年といわれた九〇年代、日本全体の景気は低迷していた。

御多分に漏れず、勤めていた会社も業績が伸びず、受注量が増えない中、いかに生産性を上げて利益を確保するかに躍起（やっき）になっていた。当時、事業部門のスタッフをしていたが、どのようにしたら生産性が今よりも上がるか、生産体制の再構築の素案作りに携わっていた。

生産性は、広義には、労働、設備、原材料などの投入量と、これによって作り出される生産物の産出量の比率のことである。別の言い方をすれば、付加価値をそれに要した経営資源で除した値である。人的資本が唯一の資産であるコンサルタント業の場合は、事業から得られた利益を総人件費で除したもので表すことができる。平たく言えば、人当たりどのくらいの利益を上げられるかということである。

生産性を考える場合、散髪屋を想像すると理解しやすい。店主一人で営業している個人の散髪屋の場合、まず初めに、生産性の向上は主人のスキルアップ如何にかかっている。仕事を始めたばかりの不慣れなうちは、一人散髪するのに、カット、髭剃り、シャンプー含めて一時間かかったとしよう。それが、徐々に慣れてきて腕も上がり、四五分あれば一人の客の散髪ができるようになると、一日の所定の労働時間内に、より多くの人を散髪できるので、一日の収入（利益）が増加する。人件費は、主人一人で変わらないので、結果、生産性は向上することになる。つまり、主人ひとりの場合は、生産性の向上は時間効率の向上と同義といえる。図aは、当初、顧客が満足する要求レベルの品質の散髪をするのに一時間かかったときの時間効率をα（アルファ）とすると、スキルアップにより四五分になったときの効率がβ（ベータ）に向上したことを示したものである。

次に、評判が評判を呼び店が繁盛し、顧客数も増えた場合を想定する。店としては、一人でも多くの顧客に対応しようと思っても、主人はロボットではないので、時間短縮にも自ずと限界があり、図aに示すように、時間効率Γ（ガンマ）がその上限となる。即ち、一人でさばける客数が決まってくる。そこで、より多くの顧客に対応するために、散髪台を増やし、髭剃り、シャンプーをする人を外注で雇い、主人はカットに専

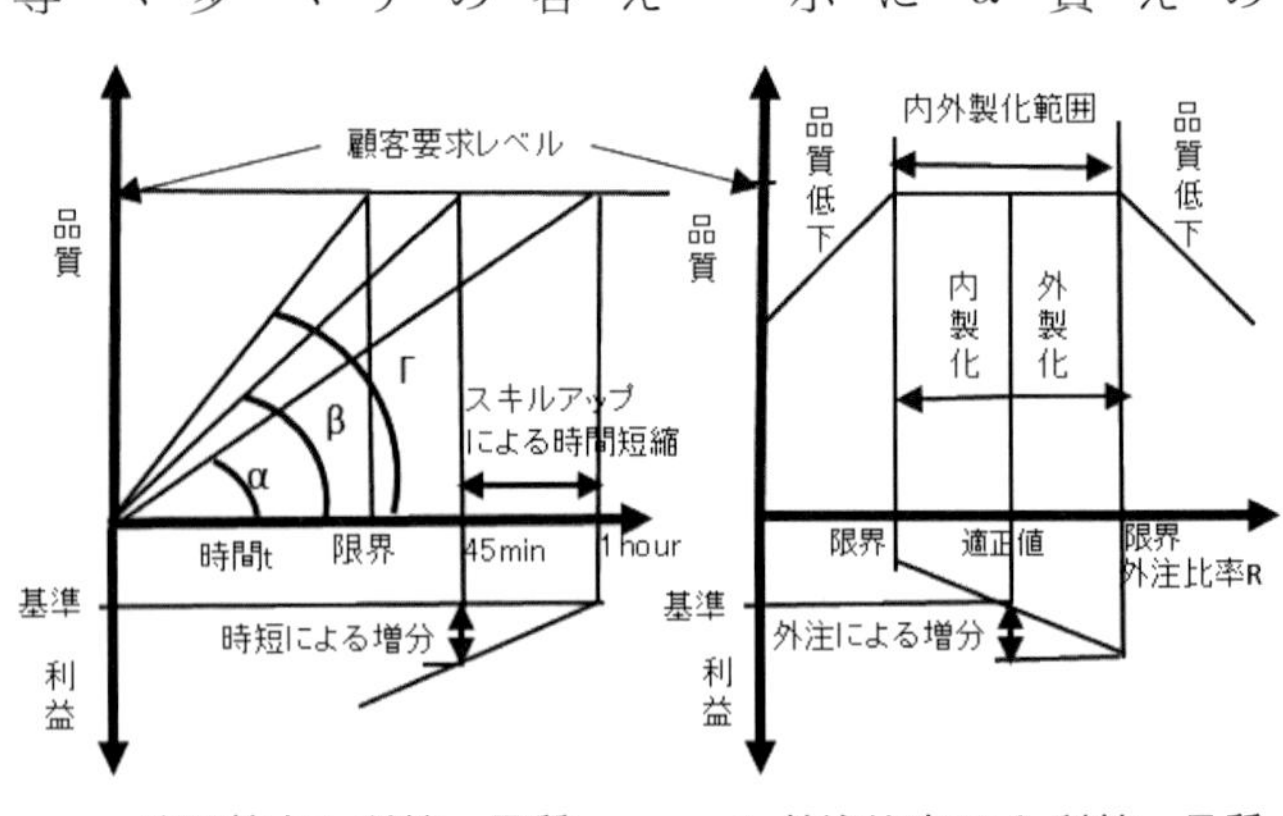

a 時間効率と利益・品質　　b 外注比率Rと利益・品質

念することにしたとする。それにより、多くの顧客に対応できるようになり、散髪台の減価償却費や外注費はかかるが、トータルの利益は上がり、人件費は変わらず主人ひとりなので、生産性は上がることになる。ここで注意すべきは、散髪屋の例でいえば、主人が頑固で、どうしても自分がすべてをやらなくては気がすまなくて、人にやらせないというケースである。国際分業の正当性を裏付ける考え方として、経済学者デヴィット・リカードの比較優位の法則というものがある。例えとしてよくあげられるのは、弁護士とタイピストの話である。その弁護士はタイプが得意で、実はタイピストより腕が良い。そうなると、タイピストに代わってタイプをしたくなるが、それは間違いで、タイプはタイピストに任せて、弁護士は、あくまで、法律事務に専念すれば、多くの顧客に対応できるので、トータルとしてのアウトプットを最大化できるというものである。散髪屋の場合も、いくら主人が外注の人より髭剃りやシャンプーが上手いからといって、その作業を手放さなければ、この店はそれ以上発展しなくなってしまうことになる。

次に、さらに顧客が見込めそうなので、散髪の肝であるカットも人を雇い外注することにした場合を想定してみる。これにより、ほとんどの作業が外注されたことになる。ここで問題が生じる可能性があるのは、雇われたカットマンの技量が主人と遜色なければよいのだが、劣っていた場合、顧客満足度が得られない可能性が出てくる。つまり、品質低下の問題である。必然的に、客は遠のき、顧客数は減少してしまうことになる。つまり、横軸に、外注比率R（アール）（外注人件費／社員と外注の人件費の和）をとり、縦軸の品質との関係を表した図bに示すように、生産性を高め利益を追求するために、際限なく外製化（外注に出すこと）を進めると、やがて品質面から見た外注比率R（アール）の限界を越えたところで品質の低下を招き、結果的に客が減少し受注量が減ってしまうことになるということである。いざ受注量が減ると、景気が低迷した場合も同様であるが、利益を残すために、外注するだけの余裕がなくなってくる。即ち、今度は内製化（内部リソースだけで仕事をする）をしなければならなくなる。散髪屋の例でいえば、外注を解約し、外注していた髭剃りやシャンプーも主人がやらなければならなくなる。その場合、主人が、かつて髭剃りやシャンプーをやったことがあり、まだ若くて体力があればよいが、仮に、髭剃りやシャンプーをやったことのない店を引きついたばかりの二代目の息子だとしたら、外注を切ることもできなくなり、生産性が低下するだけでなく、外注費が嵩み、下手をすると原価割れする事態に陥ることになりかねないことになる。

　会社における実際の現場も、基本的には散髪屋の場合と同じ構図であるが、主人ひとりでなく、社員がチームを組んで仕事をするという点が異なっている。社員には、新入社員からベテランまでおり、顧客に対して、一定レベルの品質の製品やサービスを提供するために、社内教育などを施すわけであるが、景気が傾き受注量が減り、それまで外注していた仕事を内製化しなければならないときに、問題が生じるケースが多い。ベテラン社員は、昔、会社が小さった頃、下積み的に何でも直営でやっていたので、その気になれば、外注会社がやっていたような、たとえば、図面書き、数量計算などもこなせるが、新入社員は、入社した時から、そういう作業は外注会社に任せていたので、一から教えないとできない場合が多いということである。無理にやらせると、かえって、外注会社がやるよりも品質が低下してしまうことにもなりかねない。もう一つ、以前よりも内製化が難しくなった原因は、昔よりも、生産プロセスの分業化、専業化が進み、外注会社といっても専門性が高く、容易には技量を真似できないという点である。いずれにしろ、内製化といっても容易ではなく、品質の面からいっても、自ずと限界があるのが現実である。人は、とかく易きに流れるというように、楽なのでついつい自分でできることも、いわゆる「下請け任せ」というか、外注に出しがちであるが、それが過ぎると、外注先がいないと手も足も出ない状態に陥る。費用の面でも外注の言うなりになってしまう危険性がある。そうならないためには、たとえ、熟練の域に達するのは難しいとしても、品質に関わる肝心なポイントは外さないレベルまでは習熟することが望ましい。

社会情勢は常に変化しており、好不況は如何ともしがたい面がある。好況のとき注意すべきは、比較優位の観点から、まだ外製化し受注額を増やせるのに自主消化に拘り他の仕事の受注機会を喪失することと、逆に、ついつい受注金額を増やすために外製化限界を超えて仕事を請け、品質の低下を招くことである。外製化は、外注先に対する的確な指示と成果のチェック能力があって初めて可能であり、経験の浅い時期から外注を頼る癖がつくと技術の空洞化が生じる危険性がある。一方、不況のとき注意すべきは、内製化の可能範囲なのに自主消化の努力をせず外注会社に頼りすぎることと、逆に、短期の教育的効果は別として、内製化限界を超えて社員より外注会社の方が効率のよい作業に社員が直接関わり、かえって品質低下を招くことである。抜本的な対応方法は、社員に対して、若い時期にOJT（オン・ザ・ジョブ・トレーニング）などの手法により、できるだけ広い内外製化範囲を身に付けさせ、仕事が忙しい時は外部リソースを使うがいざとなったら自分でも処理できる地力を身に付けさせることである。景気変動に強く持続的に成長できる会社とは、内外製化範囲の広い社員をより多く擁する会社といえるのではないだろうか。

三　仕事の流儀―体験からいえること―

どんな仕事でも、どんな人でも、自分なりの仕事の流儀というものがある。図に示すように、仕事を取り、こなし、仕上げるまでの一連の流れの中に、長年の経験から積み上げられた自分のやり方がある。自分の場合、入社間もない頃、所属していた部署が、黙っていて仕事が入ってくる環境になかったため、否応なくハングリー精神が植え付けられたのか、やったことがなく自分にとって未知の領域であっても、何とかやりくりしてチャレンジしてみようという気になる習性があった。傍から見れば、随分、無理していると思われる仕事を、怖いもの知らずで、いくつも引き受けた。その結果、予想通り試行錯誤の連続で苦労もあったが、それにより、仕事の幅、守備範囲が広がったというのも事実である。今にして思うと、悩み苦しんだ分だけ自信が付き、仕事をする上でのコツや勘所が体得できたような気がする。

仕事に着手し、顧客と接する段階で重要な点は、顧客の中の誰がキーマンであるかを、いち早くつかむことだと思う。窓口の普段接している担当者がキーマンとは限らないので、その人の言うことを鵜呑みにして仕事を進めた結果、途中で条件が変わり、作業が振り出しに戻ってしまったというケースは往々にしてあるものである。そうならないためには、顧客の組織内のヒエラルキーをよく理解し、条件のレベルにもよるが、誰がその実質的な決定者であるかを見定めることが重要である。

仕事をこなす上で、最も重要なのは、どのようなチーム編成（キャスティング）で対応するかということである。仕事の性質と分量を理解し、それに必要な人材をあてはめるわけであるが、肝心なのは、単に、専門性が合致していれば事足りるというわけではなく、相手の要求レベルに応じた能力のある人材をあてはめる必要があるということである。同じ専門だからといって、技術レベルの差は歴然としたものがあるもので、如何に、顧客を説得できるレベルの力量を有する人を、社内外を問わず招聘（しょうへい）するこ

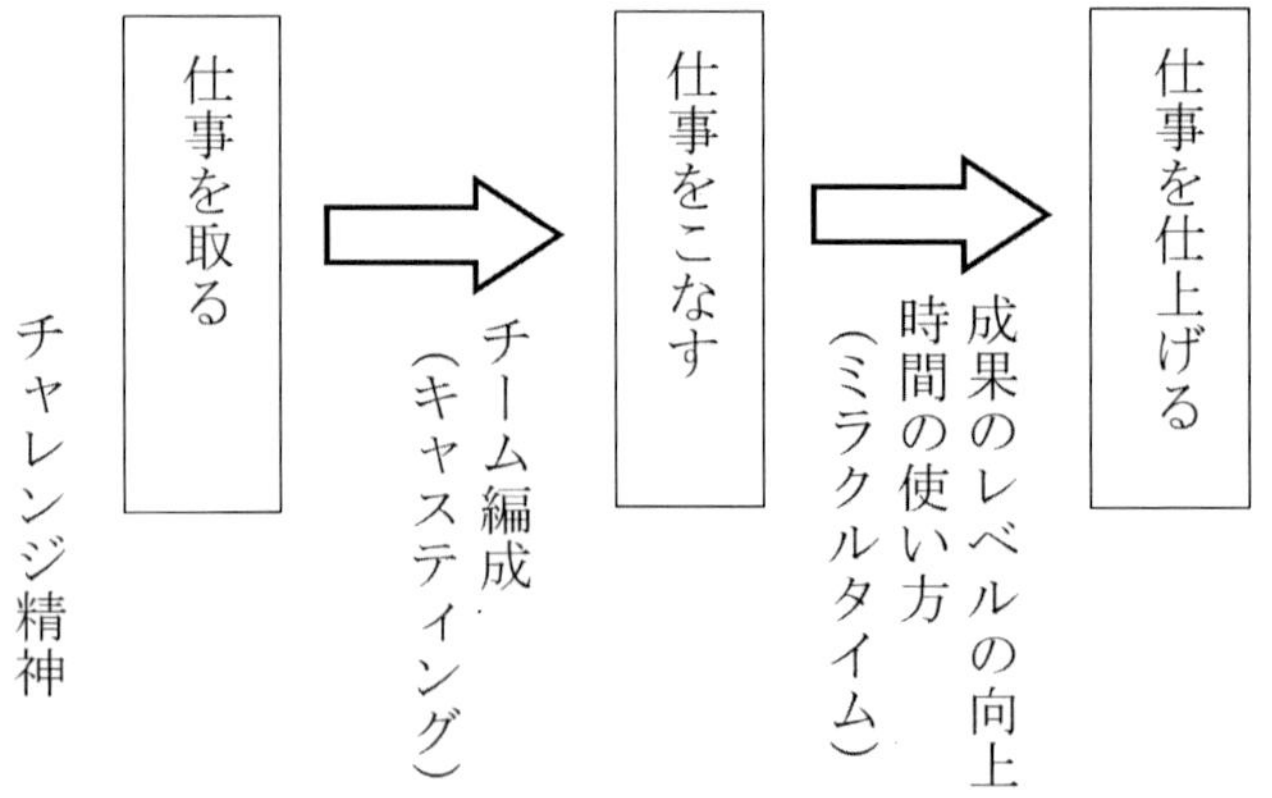

仕事を取る ⇒ 仕事をこなす ⇒ 仕事を仕上げる

チャレンジ精神

チーム編成（キャスティング）

成果のレベルの向上
時間の使い方（ミラクルタイム）

私の仕事の流儀

とができるかが、仕事を成功裏に終えることができるかどうかの第一関門である。そして、チームで仕事をするときの基本は、けして一人で背負い込まずに、できるだけ部下や協力会社に分担するということである。理想的には、自分しかできない仕事のみをするべきである。その方が、多くの仕事を並行してできるので、組織全体として効率が上がるのと、部下に対する教育効果にもなる。ただし、部下に仕事を与える際、簡単すぎると、力を出し切らず、成長という面では妨げになるし、逆に、難しすぎると、はかどらないか、品質に支障をきたすことになるので、誰が何をできるかを見極め、その時の実力で、背伸びすればできる程度のものを任せるのが適当のように思う。

仕事の進捗は、予め、チームで相談し、いつまでに何をやるかを決め、それをマイルストーンにして管理するわけであるが、ルーチンの作業はプロセスが決まっているので時間効率を求めるが、非ルーチン作業はプロセスが決まっておらず試行錯誤を必要とするので、時間に余裕を持たせるのが原則である。プロジェクト全体の時間配分としては、飯盒炊飯と同じように、初めはちょろちょろでよいが、中ぱっぱの山場のときは、徹夜も辞さない意気込みで取り組むのが大事である。最後の追い込み、勝負のときは、案外、工期のぎりぎり二日前ぐらいになることが多かったような気がするが、経験的には、そんな日の夜中に、ミラクルタイムが訪れ、懸案事項が一挙に片付いたということも何度かあった。身体を壊すようでは仕方ないが、後で埋め合わせをしてバランスを図ることを前提とすれば、飛び飛びでやるよりも、連続して取り組んだ方が、質の高い成果品が出来上がる気がする。間をあけずに取り組むことにより、徐々に、皆の調子が整い上質なハーモニーに仕上がっていく、合奏や合唱などの音楽の練習と似たところがあるように思う。なお、仕事の途中で、何か引っかかったこと、ちょっと気になることがあったら、「まあいいや」と見過ごさずに、納得いくまで、疑問点を明らかにしておくことが重要である。案外、そこに大きなリスクが潜んでいたり、問題解決のヒントがあったりするものである。経験からも、第六感は、意外と当たっていることが少なくないように思う。

仕事の成果に関しては、完璧さを追求するために、精一杯、人事を尽くすのは当然であるが、その一方で、何事も、準備不足から始まり時間切れで終わるのが世の常であることも、承知しておくべきことである。そうでないと、九割以上の出来であっても、常に後悔の念に駆られ、次のステップへのやる気をそがれることになりかねない可能性がある。だからといって、時間が来たら安易に妥協するというのではなく、疑問は疑問として、一旦、横に置いておき、それは未解決のままであることを、頭の片隅で分かっていることが大事な気がする。限られた制約条件の中ではなるようにしかならないという居直りは、逆に、いつかチャンスが到来したら解決してやろうという次への勇気を奮い立たせるものである。

仕事を仕上げる際には、安易に満足したり、簡単に合点したりせず、あるいは難問を避けたりせず、道を究めるつもりで立ち向かうのが理想である。「手っ取り早く済ましてしまおう」、「片付けてしまおう」というのではなく、自らハードルを上げ、マニュアルの一歩先を行くつもりで取り組むべきである。文献をあさり、トップレベルと自分のレベルの違いがどこにあるかを確認し、示様書とは別に、その上をターゲットにすれば、業務が終わった段階で、いつのまにか、その分野の一定レベルの実力が備わっているということは、少なくないのではないだろうか。常に、アンテナを高くし自らの技をブラッシュアップすることを怠ってはならない。本業では、幾つになっても青年でありたいものである。

成果品の出来具合をチェックするときも、盲判ではだめで、かといって重箱の隅をつつくようなやり方でもよくない。部下の教育上は、ぎりぎりまで手を出さず静観し、方向性だけをチェックしておき、もうこれ以上遅れると間に合わない時点で、初めて乗り出すのがよいように思う。具体的なやり方としては、まず、ざっと目を通して、一生懸命取り組んだことの労（ねぎら）いを述べ、次に、詳細は分からなくても構わないので、気になったポイントのみを、かまかけ的に問いただしてみるのも一つの手である。相手が向きになってくれば、本音が出てくるので、一人では決めかねた点や悩んだ点なども浮き彫りになってくるはずである。報告書を、その都度、こと細かくチェックしていたのでは、身がもたないし、部下のレベルに応じた問いかけをした方が、手っ取り早いと思う。最後に、成果品が出来上がり、顧客から高評価を得た場合は、社内的にもその努力を評価することを忘れてはならない。注意すべきは、よく、何もできないと、早々に、部下にダメ出しをするマネージャーがいるが、誰しも長所短所があり、向いている仕事を与えれば、力を発揮するものだと、信じるのが先である。自分の部下の使い方の方に問題がある場合もあるということを、念頭に置いておくべきように思う。

仕事のやり方は、仕事の種類によっても違うし、その人の性格や経験を踏まえたものの考え方によっても異なってくる。だから、同じ流儀を真似したからといって、必ずしも、上手くいくとは限らないものである。先達のやり方の学ぶべきところは学ぶにしろ、自分の流儀は、やはり、自らの経験を土台に編み出していくもののように思う。

四　失敗から学ぶ―組織の学習効果―

誰しも失敗はするものだ。大事には至らなくても、長いサラリーマン生活の中で、大なり小なりトラブル程度のことはあるものである。現役時代、事故といえるような大きなトラブルは、自分が担当した仕事の中ではなかったが、課長になって早々、前任者の時代に設計した斜面が大雨で崩壊し、人身事故になったケースがあった。何回か現場に足を運んだが、途中から、当時の担当でないと埒(らち)が明かないということで、前任の課長が警察から呼びだされ、顔つきが変わるほど責任を追及された。結果、裁判になったが、自然現象なので不可抗力ということで決着がつき、胸をなでおろしたのを覚えている。

一つの重大事故の背後には、二九の軽微な事故が隠されており、さらに、三〇〇のヒヤリハットがあるというハインリッヒの法則というものがある。しかし、大きな失敗は、否応なく表ざたになるが、小さいトラブルは隠され、なかなか表には出てこなくて、やがて周囲の人々の記憶から忘れ去られてしまうものである。担当者の立場になると、失敗というのは、できるだけ穏便に済ませたいと願うのが常である。人や部署の評価に関わるので、本質的に隠したいと思うのが人情でもある。全社的な品質に関する委員会の責任者を任されたとき、改めて全社的に調査をしてみると、ヒヤリハットと呼べる小さな失敗がたくさんあることに気づかされた。それまで、品質に関しては、一つ一つのプロジェクトには、管理技術者と照査技術者を任命しきちんと管理しており、さらに、いち早く国際標準化機構（ＩＳＯ）の認証を取得し、その専門部署も設け、定期的な内部監査、外部監査も実施していたが、やはりそれだけでは限界があり、時間が経つにつれやや形骸化してくる傾向もみられた。それに、それらの手法は、そのプロジェクトの部署や個人に対しては、確かに反省材料になっているかもしれないが、得られた教訓が組織として共有されているとは言い難いのが現状であった。

通常、人は失敗すると、図に示すように痛い目にあい、そういう小トラブルが蓄積すると、その中から共通項を見つけ出し、それを自らの教訓とする。これは、言わば、帰納法に基づく主観的アプローチによる個人の学習効果といえるものである。例えていうならば、いくつかの大学受験に失敗し、それらを比較し、英語の成績が悪かったという共通項を見つけ出し、「大学に合格するには、もっと英語力を身に付けなくてはならない」という教訓を導き出すようなものである。しかし、大学受験に限らず、何事も本人が失敗しないと身に付かないとしたら、際限なく色々な失敗を繰り返さないと多くを身に付けられないことになる。そんなことをしていたら、社会的信用を失いかねない。失敗の経験は、本来、必要最小限に抑えるのがよいに決まっている。

　失敗から得る教訓や知識は、本人が「痛い目」に合わない限り身に付かないと思われがちであるが、実は、けしてそういうことではない。図に示すように、他人の失敗からも学ぶことができる。例えていうならば、大学受験に失敗した兄を、弟が傍（はた）でよく見ていたとしよう。兄の落胆した様子を身近で見ていた弟は、痛いほど兄の気持ちが分かった。これは、本人が経験したわけではないが、兄の経験を自分に置き換えリアルに感じる、言わば「仮想失敗体験」というものである。会社のような組織においても、失敗の伝達方法が書

個人の学習効果	組織の学習効果
本人の失敗	他人の失敗
⇩	⇩
痛い目	仮想失敗体験
⇩	⇩
小トラブルの蓄積から共通項を見つけ出し結論付ける（帰納法：主観的アプローチ）	理論やルールに当てはめ分析し、仮説を証明し、結論付ける（演繹法：客観的アプローチ）
⇩	⇩
教訓	知識化（一般化・汎用化）

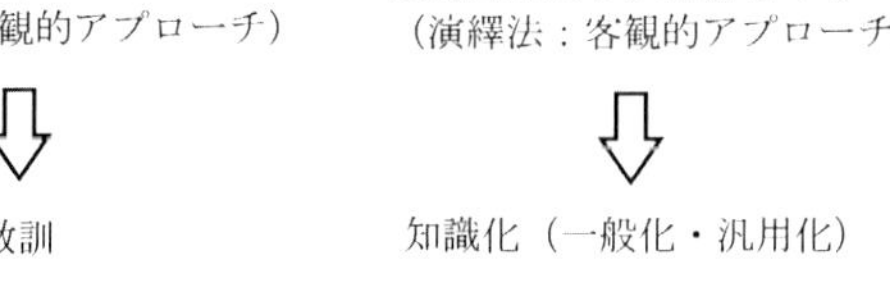

失敗の学習効果

類のような無味乾燥的なものだけでなく、失敗の実体験者が臨場感を持って対面で説明する機会があれば、それを聞いている複数の社員は、弟と同様に「仮想失敗体験」ができ、実際に体験したのに近い心象を得ることができる。個人の小さな失敗体験を「仮想体験」として多くの社員がシェアできる仕組みを有する会社ほど、大失敗をする可能性が低くなることは自明の理である。

次に、仮想失敗体験をした弟は、やがて自分も受験をする際に、兄と同じ轍（てつ）を踏まないように、兄の体験を受験合格のセオリーに照らして分析することを試みる。合格のためのセオリーのチェックポイントとしては、教則本が適切であったか、適切な指導者がいたか、本人が努力したか、受験の際の体調、周辺環境は良かったかなどが考えられる。弟は、兄の行動をセオリーに当てはめてみて、兄は十分努力していたし、当日の体調も良かったし、教則本も適切なものであったが、ただ、誰にも相談せず独学で受験勉強をしており、指導者もいなかったことに気づいた。弟は結果として、「合格するには、独学ではだめで、塾などに通い指導を受けることが必要である」という結論を導き出した。これは、理論やルールに個々の事象をあてはめ、仮説を証明する形で解を導き出し、知識化（一般化・汎用化）したもので、演繹（えんえき）法に基づく客観的アプローチといえるものである。知識化とは起こってしまった失敗を他者が将来使えるように、知りたい中身を欲しい形でまとめることで、これにより組織（複数の他者）の学習効果が発揮されたことになる。このように、組織として、失敗経験を、いわゆる事故報告書、始末書のように記録としてまとめるだけに留めず、広く公開すれば、その情報が空間（地域）や時間（時代）を越えて伝達（伝承あるいは継承）されることにより、組織の学習効果が最大限に発揮されることになる。

そんな考えに基づき、トラブルを披露しあうシンポジウムみたいものを提案し、毎年、開催することにした。初めは、自分の恥をさらすようでかなり抵抗があったが、趣旨をよく説明し、何とか開催にこぎつけることができた。発表する側は、部署の内情や自分たちの至らなさを告白するみたいで、初めは躊躇（ちゅうちょ）していたが、そのうち良い意味の開き直りもでてきて、本音がでるようになり、聞いている社員も、自分の経験上納得いく場面も多く、共通の問題点や課題もシェアできるようになっていった。

そういう会合を何回か重ねるうちに、失敗に対する見方もだいぶ変わっていった。もう一つ、前向きな別な見方、即ち、マイナスイメージの失敗を、新たな創造というプラスイメージに転ずることもできるように思えてきた。プラスの面とは、個人の成長の視点から見た場合である。失敗には「良い失敗」と「悪い失敗」、「許される失敗」と「許されない失敗」があり、それらは峻別して解釈する必要があるように感じる。確かに、同じ原因の失敗を何回も繰り返すのは「悪い失敗」といえるが、それに対して「未知との遭遇」に起因する失敗は「良い失敗」といえるのではないだろうか。「良い失敗」とは、世の中の誰もが、その現象とそれにいたる原因を知らないために起こる失敗で、これに遭遇した際に、その原因とメカニズムを徹底的に分析し紐解くことにより、科学が発達し、新たな文化が生み出されてきたことは歴史に明らかなところである。良い失敗をしないようでは成長することは難しく、それはチャレンジしなかったことを意味するのではないだろうか。まさに「失敗は成功のもと」で、成功するための創造力は失敗を避けては培われないものであるように思う。

　生じてしまった失敗を次に活かすことができるかどうかでは、長い目で見た場合、会社を経営する上で大きな差となって現れるように思う。一言で言えば、個人の小さな失敗をいかにして組織の学習効果とするか、即ち、組織としてのリスク管理にいかに役立てるかということが大事である。失敗から学ぶ上で、何よりも大事なのは、少しの失敗をあげつらい糾弾（きゅうだん）するのではなく、むしろ、チャレンジしたことを「good job（グッドジョブ）」と言って褒（ほ）めたたえることである。何でも隠す隠ぺい体質でなく、何でもフランクに話せるオープンマインドの企業風土を持った会社が、失敗を貴重な共有財産として活かすことができる強い組織のように思う。

五　付き合い方のヒント―信頼の構築―

夏目漱石の『草枕』の冒頭に、「智に働けば角が立つ。情に棹(さお)させば流される。意地を通せば窮屈だ。とかくに、人の世は住みにくい」という名文がある。まさに、サラリーマン人生を言い当てているような気がする。社会に出て仕事をするということは、つまるところ、社内外の人と如何に付き合うかということに他ならない。これらの人と上手く付き合うこと抜きにして、仕事を円滑に進めることはできない。振り返ると、サラリーマン時代、仕事を通じて、図に示すような、社外においては顧客、協力会社、社内においては、上司、部下、同僚など、大勢の人と付き合った。中には、いろいろなタイプの人がいて、初めから苦なく付き合える人もいたが、お互い気心が知れるまで、相当時間を要した人もいた。

顧客とは、初対面のときから甲と乙の関係があり、その立場を踏まえての付き合いになる。しかし、契約関係でなりたっているとはいえ、仕様書通りにスムーズにことが運ぶケースばかりではなく、仕事の途中で、当初の前提条件が変わってくることはよくあり、その度に、顧客と折衝する必要性が出てくる。三〇代の終わり頃、業界の中で「三奇人」と呼ばれていた顧客と仕事をしたことがあった。なるほど、その名の通り、手強い相手で、初めて打ち合わせに訪れたとき、その人がいるだけで、事務所内がぴりぴり張り詰めていて、まるで、恐怖政治のような雰囲気が漂っていた。予想にたがわず、我々、受注者に対しても大変厳しいものがあり、開口一番「お前ら、これで仕事が終わったと思ったら大間違いだぞ」とどやし付けられ、早くも洗礼を受けたような気分になった。遠隔地だったので、朝一番の飛行機に乗り、朝九時の打ち合わせに臨むのだが、本人が納得しないと帰し

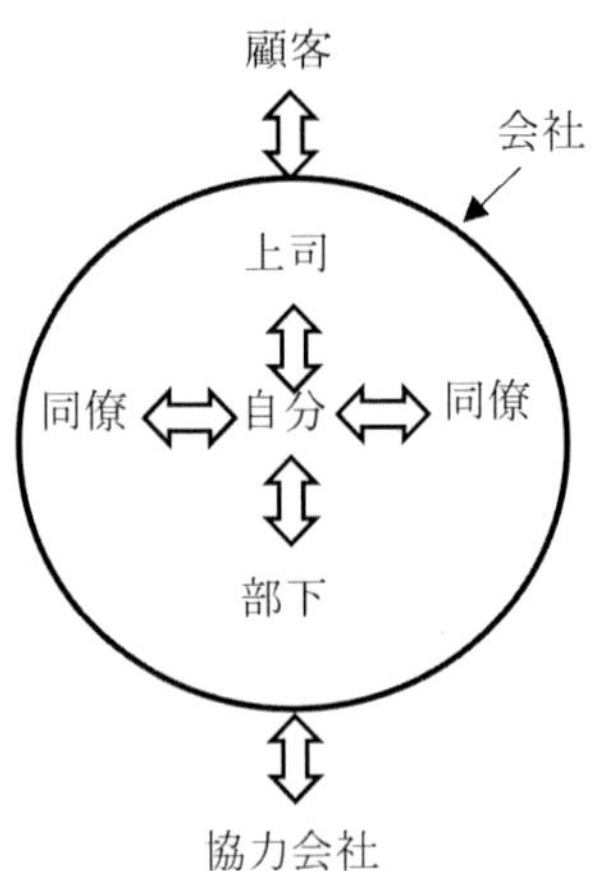

サラリーマンの付き合いの範囲

てもらえず、二泊、三泊になるのがざらであった。他の受注者が空港で網を張られ引き戻されたという話を聞いていたので、運よく帰京の許可が出て羽田行きの最終便を待つ間も、いつ構内アナウンスがあるかと気が気ではなかった。そのようないつ終わるか分からぬ際限のない打ち合わせを何回か重ねるうちに、部下にも疲労感が見え始め、徐々に現地へ行くのを渋るようになっていった。関連した仕事を受注した他社の担当者がノイローゼ気味でぜんぜん顔を出さなくなったとの噂も聞き、何とかプレッシャーだけは肩代わりして、なだめすかして仕事を進めるしか仕方なかった。その人は技術的にも厳しく「一般的」とか「何々先生の見解」というのを極端に嫌い、常に難題に対しても根拠を明らかにすることを要求した。簡単にはＯＫを出さないので作業は遅々として進まず、どうしたらこの難局を打破できるかほとほと困り果てたが、既に、采は投げられており、この人と心中するつもりでやらない限り、この仕事は終わらないと覚悟を決めざるを得なかった。最終手段としては、採算度外視で、自分の知己の中から、その人に太刀打ちできる人間を集めるしかないと腹を括ったが、技術レベルが高く、人との対応が良く、しかも辛抱強いという三拍子そろった人間などそう容易く見つかるわけではない。仕方なく、各人の利点を活かし、欠点を補うように複数の人間でグループを作り対応することにした。そんな状態が三ヵ月位続いた頃、その人も徐々に手ごたえを感じ始めたらしく物事が徐々に決まり始めた。こちらの誠意が何とか伝わったようで、「やっと、この仕事も山場を越えたか」と胸を撫でおろしたのを覚えている。

顧客との信頼関係を築くことは仕事を円滑に進める上で不可欠なことであるが、人を信じるかどうかは全人格的要素に関わることなので、一朝一夕になしえるものではなく時間を要するものである。顧客側には、住民や第三者と折衝をしながら仕事を進めなくてはならないという、受注者側ではなかなか気づかない悩みがあるものだ。そんな悩みを理解し、親身になって対応するのが、顧客との上手な付き合い方だと感じる。ただし、思いつきやわがままでものを言う横暴な顧客もいるので、そういう場合は、正面から言うと角が立つので、二人の担当者が漫才をやるようにして真意を伝え、控えめなプレッシャーをかけることも時には必要である。いずれにしろ、どんな小さな仕事でも必ず途中で山場があるもので、そのときの対応が、顧客との信頼関係が築けるか否かの分かれ道となるのは確かだ。たとえば、未知のことを互いに極めた瞬間、共通の手強い第三者に協力して立ち向かった瞬間、幾多の苦労の末、所定の成果が得られた瞬間などである。総じていえば、仕事は顧客との共同作品であり、それを通じて信頼関係を得ることが、リピーターとなってもらうための基本事項といえるのではないだろうか。

協力会社との付き合いも、仕事をする上で、欠くことのできないものである。これまで、様々な分野の協力会社と一緒に仕事をしたが、よくトラブルになりがちなのは仕事の内容と発注金額の兼ね合いに関連したことである。仕事の依頼内容とそれに要する費用は、後でお互い思い違いが生じないように、事前に文書化しておくのが賢明である。顧客に急がれているからといって、間違っても契約せずに、協力会社に仕事を着手させることは避けるべきである。口約束や貸し借りはしないのが原則で、何事もプロジェクト単位で精算するのが基本といえる。いずれにしろ、協力会社と付き合う際には、赤字にはさせてはいけないが、必要以上に儲けさせないことも大事で、むしろ、途切れることなく、仕事を発注したり、小さい会社ほど資金繰りが大変なので、途中でも分割払いをしたりするなどして便宜を図ってあげることがより重要である。ただし、注意すべきは、たちの悪い協力会社になると、過分な贈答品を送り付けるなどして、取り入ってくることである。脇が甘くならないように、付け込まれないように身を律することも、協力会社と付き合う上で大事である。

上司も色々で、エネルギッシュだが猪突猛進で回りへの配慮が欠落しがちな野獣派、温厚で思慮深いが決断が遅くなりがちな羊派など、様々なタイプの人に仕えたが、仕える側の身としては、いちいち指示されるよりも、危ないと思ったときだけ示唆を与えてくれ、後は、ある程度、任せてくれる上司の方がやりやすかった。一度、小トラブルになり、顧客のところに上司と一緒に謝罪に行ったことがあった。初め、上司が顧客に事情を説明しているようであったが、やにわに振り返り、いきなりこちらを叱責し、顧客の前で責任を追及し始めた。半ば唖然とした気持ちで神妙にそれを聞きながら、「こういう上司にはなるまい」と心に誓った。窮地に陥ったとき、「それみたことか、俺に恥をかかすつもりか」と言わずに、矢面に立ち障壁となり、部下に対しては後で良きアドバイスをしてくれるのが、頼りがいのある上司であり、この人ならついていこうという気持ちが湧くものである。上司に対して、中には、胡麻をすったり、おべっかを使ったりして、周りから腰巾着と後ろ指をさされる人もいるが、上司との間はそういうべたべたした関係ではなく、もっと、メリハリの利いたさっぱりした関係が望ましい気がする。

　部下に対しては、誰しも、上司には良く思われたいと思っているので、えこひいきしていると思われないように、意識的に公平に接する必要がある。仕事の配分はもとより、座る席の順一つでも、部下は相当気にするものである。やはり、部下に精一杯仕事をしてもらうための基本は、仕事のしやすい職場の環境づくりである。健康管理はもちろんのこと、事務処理をできるだけ軽減してあげたり、安心して仕事に没頭できる精神状態を維持してあげたりすることが、非常に大事である。たとえば、「仕事をとるときは『福の神』、困ったときは『魔除け』として俺を使え」と言っておくと、部下は安心して仕事に突っ込み、新たなものにもチャレンジする気持ちにもなるものである。仕事中は、顧客の要望などにより、どうしても残業が多くなる時期があり、徹夜しないと間に合わないときもあるかもしれないが、たまには、何もしなくてよいので、徹夜に付き合ってあげ、同じ時間を共有することも、部下との信頼感を築く上で重要なことのように思う。

仕事は、一つの部署だけでは手に負えなかったり、現場のある地域に必要とする分野の専門スタッフがいないため本社からの応援を要したりするなど、他の部署の同僚とプロジェクトチームをつくり取り組むケースが多い。そうなると、お互い、気持ちよく仕事をするには、それなりの気配りが大事になる。端的に言えば、役割とそれに応じた受注金額の分担である。大概の組織は、それぞれの部署が利益単位になっているので、当然のことながら、その辺は大変シビアなところである。細かい話になるが、分担金を決める場合、一応、社内ルールはあるものの、見積金額より受注金額が下回るのは当たり前なので、作業の分担項目に関係なく全体的に値引きされたケースなどは、「痛み分け」と称し、損する程度を公平にするという配慮も大事になってくる。社内の他部署の同僚と組んで仕事をして、一度、嫌な思いをすると、二度と組みたくないという思いに陥る。善意の人ばかりではなく、中には、自分だけ得しようと思っていたり、一回ぽっきりの付き合いでよいと思っていたりする不届きな族も時折見かける。もし、そういう目にあったら、アメリカの政治学者アクセルロッドの唱える「しっぺがえし戦略」を使うのもひとつの手であるように思う。ゲーム理論の中に「囚人のジレンマ」というものがある。これは、二人の囚人の「協調」と「裏切り」をテーマとしたもので、結局、懲役を免れるために、それぞれが個人の利益を追求して裏切った結果、二人とも最も長い懲役になるという最悪の結果を招くというものである。アクセルロッドは、これを無制限に繰り返した場合にどうなるかということで社会実験を行い、結論として「最初は協調するが、もし裏切られたら一度は制裁を行い、相手が改まれば再び協調するし、改まらなければ制裁を続ける」という「しっぺ返し戦略」が、人とうまく付き合う上で科学的に導かれる最適解としている。この考え方が、同僚とチームを組んで仕事をする際、そのまま当てはまるかどうかはわからないが、一理あるように思う。黙って泣き寝入りしたままでは、相手はつけあがるばかりなので、一回は「しっぺ返し」をして、それ以上は、根に持たないのが、同僚とのほどよいつきあい方のように感じる。

ビジネスの基本はGive and take（ギブ アンド テイク）であり、人との付き合いも是々非々で行うのが合理的かもしれない。しかし、仕事は予定調和なものばかりではなく、途中、先がわからない物事に一つや二つ遭遇するのがつきものである。そういうときに、歩を前に進めることはリスクを背負い込むので、誰しも不安になるものである。その不安を乗り越えるには、仕事を一緒にする仲間相互の信頼感が不可欠である。そして、信頼感を勝ち取るには、付き合う上での多少のテクニックや工夫は必要かも知れないが、根本的には、互いが虚心坦懐（きょしんたんかい）になって誠実に接することに尽きるのではないかと思う。

第四章　人材育成

一 「筏下り」と「山登り」―人の成長を考える―

会社における人の成長を考える場合、入社直後から自分の目標を定め、そこに至るための道筋を決め、わき目もふらずまっしぐらに進むのが、効率よく早期に目標を達成できるかというと、必ずしもそうとは限らないように思う。なぜなら、入社直後のまだ社会人になりたての段階では、考え方も独りよがりで自分の長所や短所、得手不得手、才能などについてもよくわかっていないからである。自分ではわかっているつもりでも、それは、あくまで主観的なもので、傍（はた）から見れば、違った見方もできることがわからないのである。早期に、自分の目標をがちがちに定めてしまうと、守りの姿勢になり、広い視野を持てなくなり、自分の行動範囲、可能性を狭めてしまう危険性がある。自分の描いた筋書きでないことを必要以上に気にして、少しずれると思うと、無駄なこと、時間の浪費のように受け取り、実際の世の中はもっと複雑であり、幅も深さもあることを見逃してしまい、未知のことを吸収しなくなってしまうことになりかねない。

自分の会社人生を振り返っても、配属された部署は、希望したものでも、大学時代学んだ専門とも違っていたので、自分がどういう方向に向かうのか、海のものとも山のものともわからない状態から始まった。入社一年後、行きがかり上、回り持ちで組合の支部委員長を引き受けることになったが、そのときの執行部はそれまでの御用組合的な要素は全くなく、会社側と激しく対立し、社、始まって以来のストライキも決行することになった。こちらも、執行部メンバーの一員として、正直、少々やり過ぎた感はあったが、後先考えずに組合活動に打ち込んだ。やがて、妥結を迎え春闘も終焉となったが、執行部だった仲間はほぼ配置転換を命令され、それを不服とするものは会社を去っていった。委員長といっても、自分は、小さな支部だったので免れるかと思っていたが、既に、会社からは目をつけられていたので、一年遅れで転勤命令が言い渡された。

　配属されたのは新設された部署で、部員は全て他部署からの寄せ集めであった。用意されていた仕事は皆無で、決まった営業担当もいなかったので、まずは仕事を探すことから始めるしかなかった。どちらかというと、お手並み拝見と見られていた部署で、そう長続きはしないと周囲からは見られている節があった。こちらとしては、部署の存続のために、なりふり構わず何でもやった。仕事の内容が厄介だったり、採算が合わなかったりなどの理由で、他部署をたらいまわしされた案件などをよくやった。そんな状況が一、二年続いたときに、ひょんなことから幸運なプロジェクトが舞い込み、苦労はしたがその仕事を何とかやり遂げ、顧客からも高評価を受けた。それがきっかけで、半ば、芋づる式に仕事が入るようになり、部署も社内で一人前と認められるようになった。丁度、その頃、三〇歳を迎える年頃になり、自分の専門、得意な分野が何となく決まり、自他ともに、ひとかどの技術者として認められるようになった気がした。入社したときには、全く予想していなかった展開であったが、一応、サラリーマン生活の第一ステージに到達したような印象であった。

会社において、社員が成長するための考え方として、図に模式的に示すような「筏下り」と「山登り」という考え方がある。まず、入社後三〇代前半までは、遭遇する障壁を避けながら急流を下り、自らを磨く偶然性に支配された「筏下り」のようなもので、その段階を過ぎたら、目標を定め自らの専門性を身に付けていく「山登り」のような段階を踏むのが望ましいという考え方である。初めの「筏下り」は、自分はいったい何処へ向かっているのかもわからない状態のまま、とにかく目の前の急流と向き合い、そのとき自分の持っているすべての力を振り絞って、その急流や岩場を乗り越えていくものである。一つの急場を乗り越えても、また、次の難所がやってくる。その繰り返しをしていく中で、力をつけていくことになる。川を下る過程で、多くの経験を積み、様々な人と出会い、自分に何ができるか、何がやりたいか、何に向いているかを考える段階である。当然、「筏下り」のうちは、周りの景色を楽しむ余裕はない。

やがて、急流を脱し、流れの緩やかな平場に出たときには、いつのまにか、苦労した分、一皮も二皮も向けて、成長していることになる。そして、そこで一旦立ち止まり、内省し、自分の進むべき方向を定める「山登り」の段階に移行することになる。本格的な「山登り」に入る前に、じっくり時間をかけて、どの山を登るかを選ぶ必要がある。「山登り」は「筏下り」と違って、偶然性に支配されているわけではない。自分の目標に向かって、自ら経路を定め、歩を進めることになる。具体的には、専門領域を定め、明確な目標に向かって、自分の全エネルギーを山を登ることに集中さ

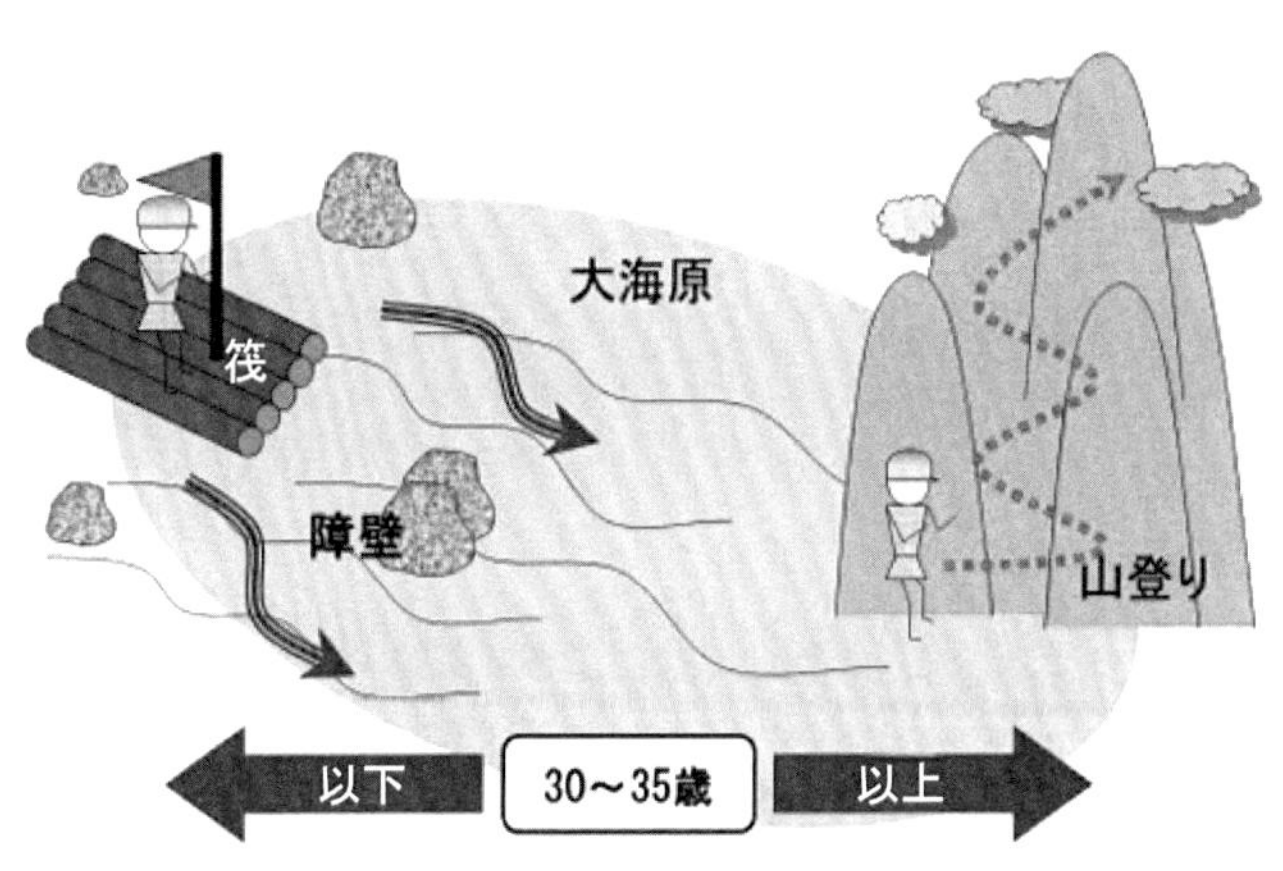

「筏下り」と「山登り」

せる。一旦、登り始めると、あれもこれもというわけにはいかない。二兎も三兎も追っていたのでは、何も身に付かず、いつまで経っても一流の域には到達できないことになる。従って、「山登り」には、計画性、戦略性が必要となる。

社の人材育成の責任者のような立場になっていた五〇代の中頃、「筏下り」と「山登り」の考え方を知り、自分の経験と照らし合わせても納得するところが多かったので、全社的な人材育成策の一つとして取り入れることにした。対象としては、入社後一〇年程度の経験を積んだ三〇歳ぐらいの社員とし、部署、専門を問わず、招集することにした。コーチ役は全て自社社員とし、身近な先輩の背中を見せ、ベンチマークになってもらうという意味でも、丁度、一〇年位年上の社員を数名選定し任に当たらせることにした。内容としては、まず、入社してからこれまで、「筏下り」の時代に経験した「一皮むけた体験」を発表し、その後、今後一〇年間のキャリアビジョンとそのアクションプランを作成し、コーチからのアドバイスを聞きながら練り上げ、最終的に、経営トップの前で決意表明をするというものである。二〇〇二年から開始し、一度に一二～二〇名を対象とし、三〇歳前後の年齢層の一〇〇%受講を目指していたので、多いときは年五～六回開催したこともあった。二泊三日の合宿形式にしたので、受講者のキャリアアップだけでなく、社内ネットワークの形成にも役立ったのではないかと思う。研修受講の五年後、自己研鑽の進捗を確認する意味で、同じコーチを呼んでフォローアップ研修もすることにした。このプログラムは、その後、自分の退職後も引き継がれ、現在まで二〇年余り継続されており、少なく見積もっても一〇〇〇人以上は受講したのではないかと推察され、社の人材育成策として定着し、それなりに効果を上げているのではないかと、密かに自負している。

自らの三〇代以降のことを思い起こすと、三〇代前半に「山登り」に入れば安泰かと思いきや、けしてそういうことばかりではない気がする。それ以降も、筋書き通りに事が運ぶわけではなく、山あり谷ありで、いくつもの障壁に遭遇し、それを試行錯誤しながら克服し、成長していくのではないかと思う。結局、サラリーマン人生の節目節目で何らかの目標を立て、チャレンジし、立ちふさがる障壁を乗り越えることにより、新たな発見もし、そういうサイクルを何回も繰り返しながら、人はスパイラル状に成長して行くのではないだろうか。困難で不確実な仕事に挑みながら、それを乗り越える度に、一皮むけ成長することができる気がする。心理学の用語にセレンディピティ（Serendipity）という言葉がある。この言葉は、スリランカの王子が探し物をしていて、目的物とは違った思わぬ掘り出し物を見つけたという逸話に基づくもので、何かを捜し求めているときに、予想しなかった価値あるものを発見することをいうものである。人は、そんな予定調和でない、意外性に遭遇したとき、思わぬ感動に満たされるものである。そもそも、世の中は、ランダムでも、規則的でもない中間的な偶有性（Contingency）に満ちたものであり、次の瞬間に何が起こるかわからないというのが真実である。そのような不確実性に適応できるように、学び、そして進化してきたのが人間の脳なのだから、未知の領域にチャレンジすること、即ち、偶有性の海に飛び込むことは脳に本来の学習環境を与えることに等しく、年齢を問わず、幾つになっても、脳の活性化にかなった行為といえるのではないだろうか。

二 知ること、感じること、信じること―必要能力―

どんな職業でも、仕事をする上で必要とされる能力というものがある。入社直後は、その能力は十分とはいえないかもしれないが、様々な経験を積むことにより徐々に身に付いてくるものである。しかし、会社として、自然の成り行きに任せていただけでは、人によって能力の獲得具合がばらばらとなり、一定の品質の製品やサービスを提供するのが難しくなる。それに、社としては、できるだけ早く一人前といわれるレベルの能力を身に付けてもらうのが好ましいわけで、そのためには社員個人の自助努力に任せるのではなく、効率性の面からも組織的に人材育成に取り組むことが必要となる。特に、勤めていたようなコンサルタント業の会社の場合は、人材が唯一の経営資源なので、人材育成策は避けて通ることのできない最重要事項の一つである。

三〇代の終わりに管理職となって数人の部下を持つようになり、自分の責任範囲として、専門分野の技術指導や資格取得支援などを行っていた。五〇代の初め、それまでの部下の指導経験を踏まえた人材育成の在り方を管理職者の集まりで披露したところ、賛同を得て、全社的な人材育成に関わることになった。早速、人材育成の基本となるようなビジョンの策定に着手した。社内に検討委員会が立ち上げられ、策定したビジョン案はそこでの審議を経て、全社の人材育成策として承認された。すると、出来上がったビジョンを実行する専門組織が必要ということになり、「隗(かい)より始めよ」ということで、その責任者になった。ビジョンに沿った方策の一つとして、三五歳ぐらいまでの若手社員を対象にした研修を計画し実行に移したが、初めての試みだったので、試行錯誤の連続であった。数年後、何回か実績を積むうちに一通り研修方法が確立され実施も後進に引き継がれたので、直接研修に関わることはなくなったが、立場は変わっても、結局、退職するまで何らかの形で人材育成に関わることになった。

コンサルタント業に限らずどんな職業でも、必要とされる能力は、図に示すような人間力、専門技術力、業務遂行力の三層構造に分類されるものと考えられる。中間の層は、専門知識、分析力、解析力、総合判断力などの専門技術力である。技術があって初めて、頭に描いた夢を具体化でき、あるいは様々な問題点の解決が可能となる。科学は未解明なことを明らかにすることが目的であるのに対して、技術の目的はある特定の事柄に役立つことであるという違いはあるが、大きくは知性（知ること）に相当する能力といえる。上部の層は主として人間関係に関連するもので、先見性や創造力に基づく企画提案力、リーダーとしてチームを管理・指導するマネジメント力、交渉相手を説得し合意を得るためのコミュニケーション力などの業務遂行力である。会話は、相手の意図するところを汲み取ることから始まり、それを繰り返すことにより、やがて相互理解に結びつくもので、元を正せば感性（感じること）のなせる技といえる。このような専門技術力、業務遂行力は、言わば、仕事を進める上でのテクニック、スキルといえるものであるが、下部の層の人間力は、仕事に対する目的意識や取り組み姿勢などの、社員としての基本的態度に関わるものである。常に、公平な眼で人に接し誠意を持って対応する倫理観、良好なチームワークを保つため

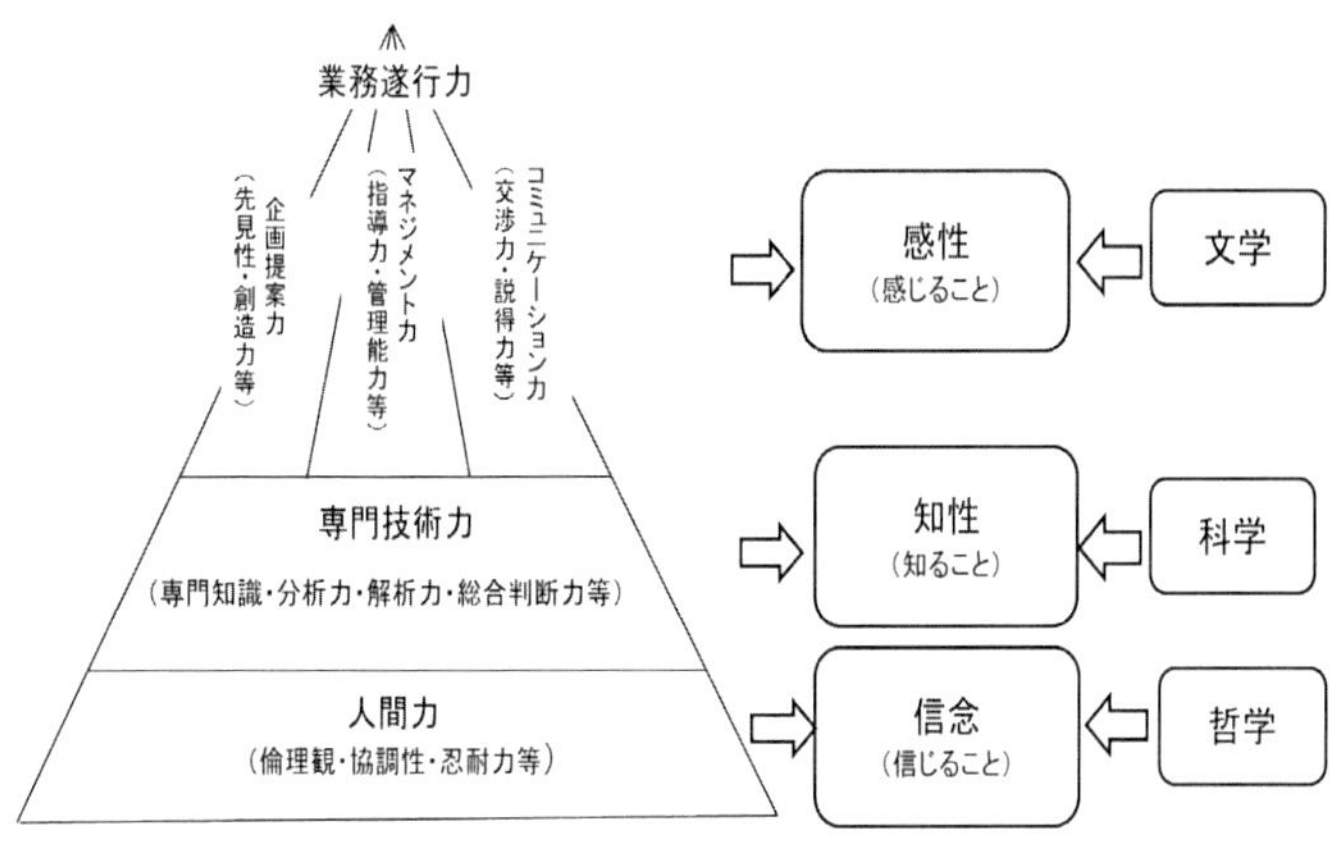

仕事をする上で必要な能力

の協調性、最後まで責任を持ってやり遂げる忍耐力などである。これらの事項は個人の価値判断を伴うもので、知性、感性に対して信念（信じること）ともいえるものである。

以上の人間力、専門技術力、業務遂行力の三つの能力の内、仮に専門技術力が無ければ、いくらすばらしい考えやアイデアが浮かんでも、机上の空論に過ぎず具体化には繋がらない。業務遂行力が無ければ、現実世界との接点を持つことが難しく、社会の抱える課題を解決し何らかの価値を提供することには繋がらない。人間力が無ければ、自信を持って相手に接することができないので、社内外を問わず他者の信頼を得ることは難しい。このように三つの能力の内のどれが欠けても、仕事を円滑に進めることは難しくなる。その理由はそれぞれの能力の根本にある科学、文学、哲学の持つ特性にあるように思う。

専門技術力のバックボーンは科学技術である。未知なものに対して分析的、統計的手法を用いて解明するのが科学であり、その手法を用いて、将来起こりうる事象を予測し、対応策を講じるのが技術である。科学は観察対象を選びその一面に着目しそれを単純化する。その方が事実関係を見極めやすいためである。実験や解析的手法を用いて論理的な推論を重ね普遍的な法則を見つけ出し、それを数式で表現することにより再現性を担保する。従って、特定の条件が整えば何が起こるかの予測が可能となる。このようにして科学は技術を通じて環境を変える力を持つことになるが、現実社会は複雑で対象の一面だけを見ても全体像を捉えたことにならない。また、環境を変える方法論は分かっていても、何のためにという目的論に関しては、科学は答えを持ち合わせていない。

業務を遂行するためには、様々なステークホルダーと意思の疎通を図る必要があるが、人間はそれぞれ個性があるので、その一面だけを捉える科学的アプローチのみでは相手の気持ちを読み切れず信頼関係を築くことは難しい。人間は感情の動物といわれるように、理性より先に生理的に視覚や聴覚などの五感が対象を捉え、その感覚が主観的な感情に発展し行動を支配するものである。故に、もっと人間の持つ複雑性、個別性を重視し、個人の心の中に焦点をあてた、言わば、文学的アプローチが必要となる。暑い部屋にいる場合を想定すると、服を脱ぐあるいは窓を開けるなどの科学的アプローチにより環境は改善されるものの、どこまで行っても満足が得られないのに対して、静座し黙考するだけの文学的アプローチでも案外暑さが凌（しの）げるだけでなく、清涼な気分と心の平静さは得られるものである。ただし、残念ながら文学は環境を変える力にはならない。

人間力は、その人の価値判断や信念に基づく行動様式、態度であるが、実は信じることの出発点は感じることにある。感じるという行為は主観的で個人的なものであるが、主語の私（単数）が私たち（複数）に移行することにより、信じるに変貌（へんぼう）する。主観的なものを客観的なものに組み替え、自らの体験や考えを普遍的なものに変えていこうとする過程で、その人の世界観や信条、つまり哲学が形成される。信念に基づく行動は、科学のように行きつく先が予測でき保証されたものではないが、それを承知で突き進む行為である。しかし、信念はつまるところ、相手の感性に最も強く働きかけるので、対象の複雑さ故に科学が眼を瞑（つむ）る事柄に対しても、勇気ある行動を促す強い推進力になり得る。

仕事に必要とする人間力、専門技術力、業務遂行力の三つの能力の中で、社の人材育成策として主体的に取り組むのは業務遂行力であろう。専門技術力は学生時代にその基礎は学んでいるので応用編が中心となる。人間力に至っては、入社する以前の育ちや生い立ちにも関係しているので、成人してから教育することは、なかなか難しいかもしれない。五〇代半ばに全社の人材育成策を起案してから退職するまで、一五年近くその効果を見守ってきたが、もとより教育の効果など目に見えてわかるものではないが、三つの能力を完璧に身に付けた万能な社員などなかなか見当たらないものである。個性や資質、才能の違いもあるので、一様というわけにもいかないのも事実である。人材育成に関わった身としては、年代に応じて社員として必要最小限の能力レベルは獲得してくれるように願うばかりであるが、「鉄は熱いうちに打て」というように、キャンバスが何色にも染まっていない早い段階、何にでもチャレンジすることのできる精神的余裕のある時期に、社が期待する能力の全貌(ぜんぼう)を知識として植え付け、向上心を促す良い刺激を与えることが大変重要のように思う。

三 OJT(オン・ザ・ジョブ・トレーニング)―習得内容と指導法―

言うまでもなく、会社は学校ではない。従って、上司や先輩が、仕事のやり方を色々と手取り足取り教えてくれるということはない。故に、仕事上必要な能力は、仕事を通じて養うこととなる。振り返ると、自分もそのようにして仕事に必要な能力を身に付け、曲がりなりにも一人前と呼ばれるようになったのだと思う。就職し大学で学んだ専門と違う部署に配属になったが、習うよりも慣れろということで、理屈より前に試験や調査のやり方を必死で覚えた。少し経つと、先輩と組んで、その手元的な役割を演じられるようになった。それと並行して、専門書を読み漁り専門的な知識を仕入れた。そのうちに、課長ではなかったが、自分がプロジェクトの矢面（やおもて）に立ち、直接、顧客とのやりとりもできるようになり、上司からは困ったときにアドバイスを受けるくらいになっていった。

しかし、自らの反省も込めて正直に告白すると、必要な能力が過不足なく備わっているかという問いかけに対しては、忸怩（じくじ）たる思いがある。満遍（まんべん）なく技術者としての能力が身に付いたというよりも、偏りや濃淡があることは否めないと思う。仕事を通じて色々な先輩に出会い、指導を受けることもできたが、冷静に考えれば、それはたまたま恵まれていたに過ぎず、思えばもっと効率のよい能力の獲得の仕方はあったのではないかと思う。古い考え方をする人の中には、「どうせ、放ったらかしにしておいても、這（は）い上がってくる奴は這い上がってくるのだから、懇切丁寧に教える必要などない」という意見を持っている人も多く、現実的にもそうしているケースが少なくなかったと思うが、やはり、ただ成り行きに任せれば、自然に能力が身に付くというわけにはいかない気がする。年代に応じて、プロジェクトを通じて、社員が落ちこぼれがなく必要な能力を身に付けられるようにするには、組織として、効率的なOJT（オン・ザ・ジョブ・トレーニング）の方法を模索し明らかにしておくべきと感じた。一口にOJTといっても、それなりのセオリーがあり、場面に応じたノウハウがあるように思う。

経験上、能力を獲得するために習得すべき内容には、大きく言語や記号で表現できるのでマニュアル化が可能なものと、そうでないものがあるように思う。マニュアル化できるものは、教則本で明示できるので、それをもとに学ぶことが可能である。一方、たとえば職人の勘やテクニックのように、どういう動作を繰り返せばやがてマスターできるかはわかっていても、そのやり方を上手く言葉や文章で表すことが難しく、身体で覚えるしかないものもある。さらに、今まで誰も経験したことがなく言語や記号で表すこともできなくて、やり方も未知のものなると、習得というよりも自らが先頭に立って創造しなければならないということになる。

図は、年代（社歴）に応じたOJTの手法と指導者の関わり方を示したものである。社員は、入社後、仕事を通じて指導者から、習得内容の特性にあったOJT手法により指導を受け、人間力、専門技術力、業務遂行力などの能力を身に付けて行くことになる。医療従事者を例にとると、入社直後の数年間は、集団研修みたいにして、たとえば、採血や注射のやり方をマスターするように努めるものと考えられるが、これはいくら本を読んでも身に付くものではないので、指導者の指示に従いひたすら練習を繰り返すしかない。指導者は、自ら模範を示し、練習を通じて手取り足とりで半ば強制的に基本を教え込むことになる。

次は、医療に関する知識を身に付ける段階であるが、これは教科書に言語や記号で説明されているので、指導者に教示されながら自分で学習すれば、身に付けられるものである。この時点では、既に各部署に配属された後と思われるので、指導者というのは直属の上司か先輩ということになるであろう。プロジェクトのサブ的立場で、その人たちの振る舞いや判断を傍（そば）で見ながら、教則本と照らし合わせ専門知識を学ぶことになる。おそらく、この段階で、専門知識だけでなく分析力、解析力などの専門技術力が培われるのだと思う。この段階までは、指示や教示待ちの受け身の姿勢でも成長が見込めると思われるが、次の段階からは、能力向上のためには、自発的な取り組みが要求されるようになる。

次の段階は、マニュアルはあるものの、自らが矢面に立ち、中心になって仕事に取り組む自習の段階である。指導者の役割は、仕事がうまく運んでいるかチェックし、必要ならば改善点を指摘し支援することとなる。医療でいえば、困ったときに上司に判断は仰ぐものの、直接、患者に接し診察を行う段階である。患者に病名を告げ納得してもらう際の説得力、コミュニケーション力、先を見通し治療法を提案する企画力、継続的に病状の変化を見守るマネジメント力などの、主として人的対応を目的とした業務遂行能力が要求されることになる。さらに、社歴を積み熟練度が増すと、指導者も誰も足

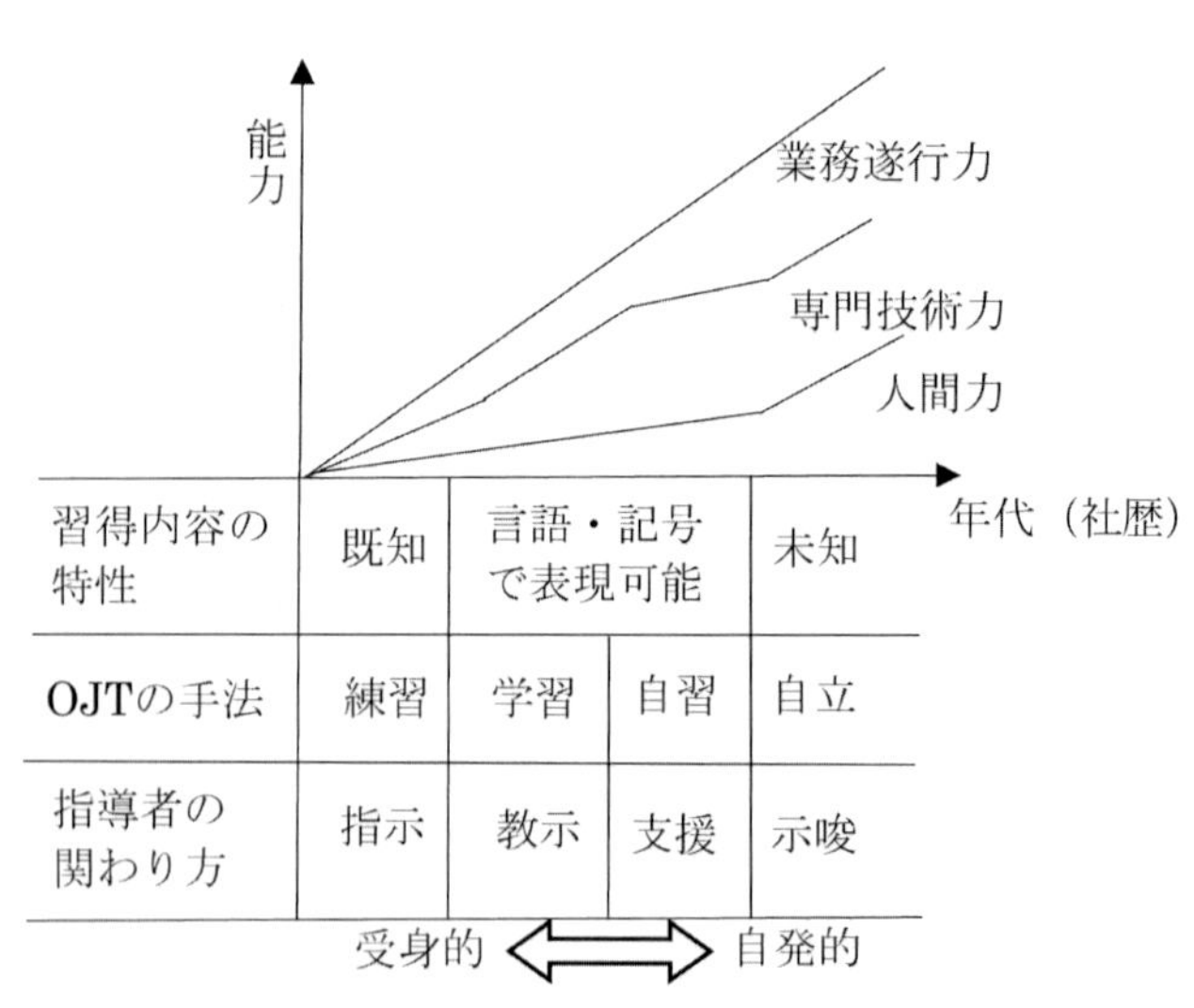

社歴に応じたOJT手法の適用と指導者の関わり方

を踏み入れたことがない領域、医療でいえば、新たな治療方法を適用するような段階となる。もはや、指導者は示唆を与えるのが精いっぱいで、全ての仕事を自分の責任の下に行う必要が出てくる。最も倫理観、忍耐力などの人間力が要求されるステージといえる。人間力は、テクニックやスキルというものではなく、その人の価値判断に基づくものなので、そもそも他人から指導されて身に付くものではない。もっと内発的、自発的な思索の中から得られるもので、自らの経験を客観視し普遍的な価値を見出そうともがく過程で備わるものである。本人が経験した事実を深く内省し自立的に体得するものである。なお、この能力は、入社以前の育った環境や生い立ち等から、大なり小なり素地としてある程度備わっているものでもある。

サラリーマン生活は、運不運がつきものである。どんな上司の下で、どのような職場環境で、どのような仕事をするかを選ぶことはできない。人の能力向上も、それによって随分違ってくる。しかし、できうるならば、能力獲得のチャンスは公平であるのが望ましい。会社としても、社員には、もれなく一定レベル以上の能力は身に付けてほしいと願うものである。そんな思いから、五〇代の初めに社としての人材育成の基本的なビジョンを作成し、いくつかの施策を実行に移した。人材育成は、医者の場合に専門によって学ぶ内容が違うように、分野によって習得すべき内容が変わってくるので、分野ごとに対応するのが基本となる。故に、分野長を中心に、専門分野別に、一人前になるための大学でいえば履修科目に相当する習得項目を決め、所定の年齢までに、一通りの能力が身に付くようなプログラムを作成することにした。座学や実習などが中心であったが、担当させるプロジェクトを人材育成の観点から選定することなども考えた。人事異動も、経験を積ませるという意味では、人材育成策の一つといえる。分野長は、その分野の構成員全員に目を配ることになるが、身元引受人というわけではないものの、専門資格取得に絡めて、マンツーマンで指導ができるように、育成担当みたいなものも決めることにした。

全社的な人材育成策を提案してから退職まで一〇年余り、その後も引き継がれ現在も諸施策は継続されているようなので、かれこれ二〇年近く、このプログラムは実行されているることになる。教育効果というものは、眼に見えてわかるものではないということは百も承知であるが、何もやらずに野放図にしている場合と、何らかの施策を講じている場合とでは、時間の経過とともに大きな違いとなって現れてくるのではないかと思う。少なくとも、社員全体の能力の底上げには貢献しているのではないかと信じている。

四　リーダーシップ私論ーその資質とはー

組織の大小を問わず、どんな組織でもそれを動かすにはリーダーが必要である。組織を率いて、目指す方向に導く人が必要である。どんな人がリーダーとしてふさわしいかの議論は昔から随分なされてきたが、国や地域の違い、組織の性格、その時の時代的要請によって相応しいリーダー像も変わるものなので、どういう人がリーダーに向いているかどうかということは一概にいえないものである。もとより、歴史は一回性のものであり運不運もあるので、他のリーダーだったらという「たられば」は通用しない。自分がサラリーマン時代に接した身近な例を思い起こしても、組合の委員長、所属した部署の長、経営トップ、社外の業界団体や学会の長など色々なタイプの人がいたと思う。これらの方々の中には、組織の中で勝ち抜いて長の座を射止めたと自負する人がいるかもしれないが、本来、リーダーというものは、競い合い勝ち抜いた勝者を言うのではなく、周りがいつの間にか、その人の振る舞いを見てリーダーと認めるもので、なるべくしてなるのが理想のように思う。そもそも、長がついているポジションに収まっている人が、必ずしも、リーダーシップがあるとは限らないものである。中には、リーダーシップがなくても、いわゆる、高学歴とか、血筋が良いとか出世する上で有利なラベルをもっていて、エスカレーター式に偉くなった人もいるし、上昇志向が強く、色々画策して上層部に取り入り、政治的に動いて上のポジションに座っている人もいるのも事実である。従って、リーダーシップの本質を考える際には、名を成し功を成した人や、現状で上位のポストに収まっている人の振る舞いは、参考にこそすれ、是とせず、囚われないようにすることも大事であるように思う。

　私見であるが、これまでの経験から、リーダーには、その人の性格と集団をまとめる手法によって、大きく図に示す四つのタイプがあるように思う。性格というのは、情熱的か冷静かということである。情熱的な人は気持ちのまま感性で行動する。一方、冷静な人は何でも理詰めで考え理性で行動する傾向がある。集団をまとめ率いる手法としては、統制と放任がある。統制は、自らが率先垂範（そっせんすいはん）で指揮命令をとることである。この手法を採用している典型的な組織としては軍隊がある。軍隊は、命令と服従で組織の統率を図る。放任とは、部下の自主性を尊重することである。この手法を用いている例としては、オーケストラなどのプロフェッショナル集団が考えられる。オーケストラの指揮者は、各パートの演奏者の自主性を重んじ、能力を発揮させ、一つのハーモニーを生み出すのが役割である。

　情熱的な性格で集団をまとめる手法として統制を好むリーダーは、激情タイプといえる。やる気とガッツがあり、たとえ、その能力に至らない点があったとしても、人の感性に直接訴えかけるので、無条件に人を引っ張り引きつける力がある。ただし、感情的になり過ぎると、自分を制御できなくなり、暴君となり暴走する危険性がある。冷静な性格で統制を好むリーダーは、仕組みを重んじ、規律によって統制を図る冷徹タイプである。感情に左右されずに、指示命令系統に従い戦略的にことを成すので、ぶれることは少ない。ただし、ややもすると、融通の利かない窮屈な恐怖政治に陥りやすい危険性がある。情熱的で手法として放任を好むリーダー

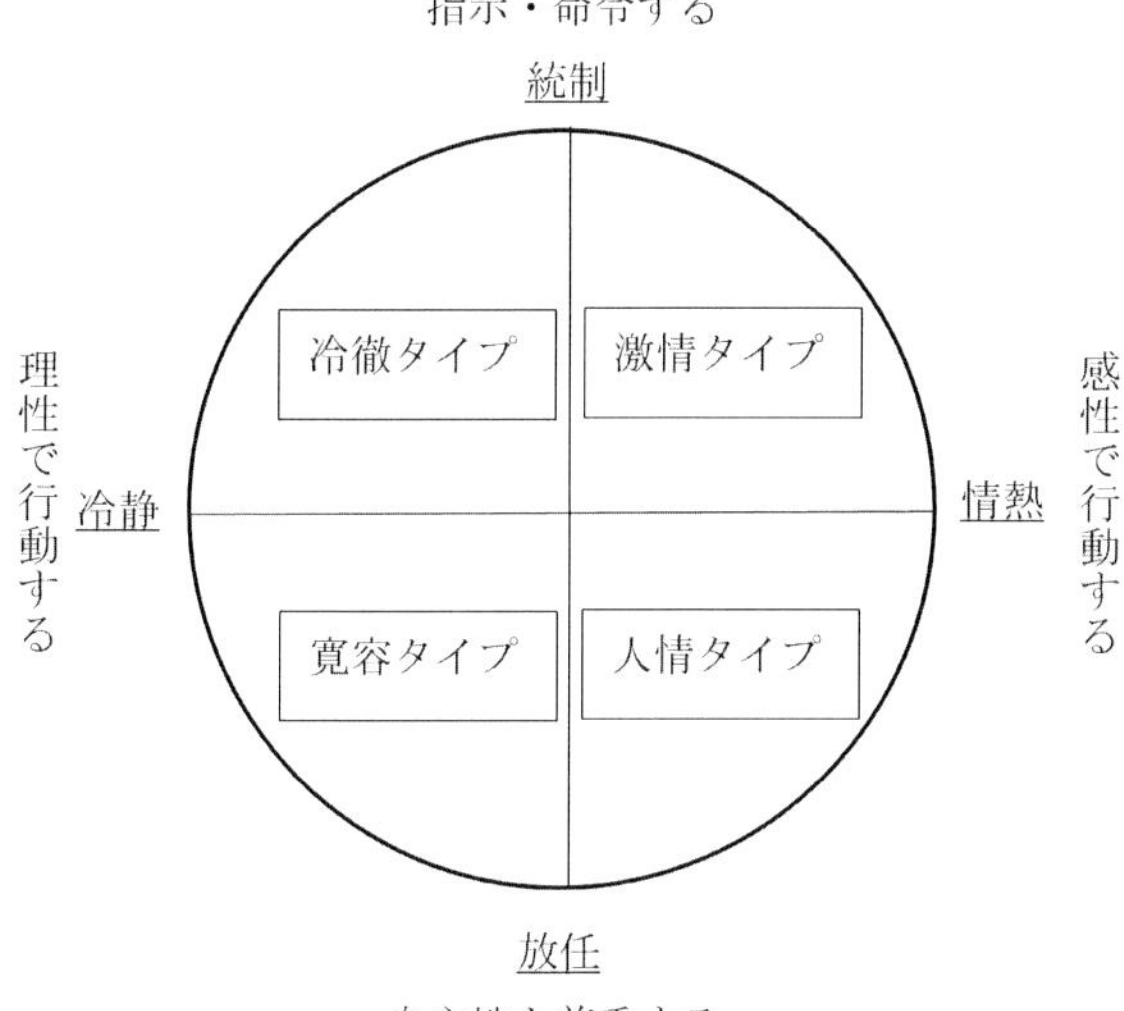

リーダーのタイプと特性

は、人間好きで、部下の心の襞まで感じ取ることができるので、人の心情を考慮してことにあたる人情タイプである。色々な立場の人の身になって考えることができるので、人心に配慮した方策が打てる。ただし、感情移入が激しいので、情に絆(ほだ)されたり流されたりして判断を見誤る危険性がある。冷静な性格で放任を好むリーダーは、部下の個性を客観的に把握することができ、大所高所に立って物事を判断できる寛容タイプである。部下を公平に扱い、論理的に考え厳しい判断を下さなければならないときも、理に情を添えることを忘れない、罰するよりも褒めることによりやる気を起こさせ、組織を引っ張っていく。ただし、理解があり過ぎると、部下の言いなりになり、ブレーキが効かなくなる危険性がある。「任せて委(ゆだ)ねず」の姿勢を堅持することが大事である。

　これらの四つのタイプのリーダーには、個性があり、長所短所があるが、共通して必要な資質として以下の五点が考えられる。一つは、サラリーマン根性に陥いることなく、仕事にオーナーシップを持って取り組み、評論家でなく常に当事者意識を持っているということである。仕事に対する熱意と真摯で真面目な態度は、様々な意見を持つ人がいたとしても、皆を納得させることができる最大公約数的もので、誰もの共感を呼ぶものである。二つ目は大局観があるということである。常に目線を高くし、将来に対して大局的な見方ができ、少なくとも五年ぐらい先までは見通す先見性があり、傍から見て、新しい時代の精神が体現化されているような雰囲気が醸し出されていればベストである。三つ目は、謙虚であるということである。よく懐が深いというが、そういう人は謙虚で素直な人が多いように感じる。たとえ、積極的であっても、謙虚でなくては人はついてこないものである。謙虚さとは、消極的というのではなく、わかっているけれど、それを主張した場合の悪影響を考え、敢えて控える態度である。我を通さないという点で、協調性と相通じるところがある。いくら立派なことを言っても、自分が折れること、人に譲ることを知らない人は嫌われる。自分にブレーキをかける、どこまで我慢が効くかは、その人の人間の大きさを図るバロメータともいえる。四つ目は度胸、器量があるということである。よく、担力というが、リーダーは、苦境に陥っても、へこたれず平然としていられることが大事である。普段は物静かで目立たない存在であっても、身内が困難に直面したとき、摩擦を恐れず矢面に立ってそれを受けとめ、ピンチを凌ぎ見事に逆転して見せることは、度胸がなくてはとてもできないことである。このように、いざとなったら危険の中に身を投じることも辞さない人物に、人は魅力（求心力）を感じ全幅の信頼を置くものである。五つ目は、柔軟性があるということである。一度決めたことはぶれずにやり通すということも大事だが、相反するようであるが、また、朝令暮改というわけではないが、明らかに前提条件が変わり改めた方が良いと思った場合は、それに固執せずに躊躇（ちゅうちょ）なく方針を変えるという柔軟性も、リーダーには必要である。時と場合によって、前向きな意味で「君子豹変す」ということも必要になってくるものである。

　ここまで書くと、何もかも兼ね備えた万能選手のような人でないと、リーダーは務まらないように感じるかもしれないが、そんな人は古今東西そうそういるものではない。歴史を紐解いたり、身近な例を見ても、万能な人はいないので、大概、性格の違う腹心となる人がいて、リーダーの短所を補っているケースが多いのではないだろうか。コンビネーションでことを運んだ方が上手くいく場合が多い気がする。リーダーは、カリスマになるほど、影響力は強くなるが、偏りが激しくなり、長所も活かされるが短所も無視できなくなってくる傾向があるので、腹心としては調整役としてマネジメント能力が高い人が向いている気がする。リーダーとして留意すべきは、この腹心の信頼を失いそっぽを向かれることで、それが一番大きなリスクといえる。

　リーダーは見えないものを求めて旅立つ。その途中で、共感、共鳴したフォロワーが現れるが、この時点でリーダーは自分のリーダーシップには気づかない。見たいものを見てやりたいことをやり、自身が描く目標に向かって歩いているだけで、自分がリーダーシップを発揮しているとは意識しない。生来、リーダーは、ポジションには無頓着なものである。つまり、リーダーはなろうと思ってなったのではなく、結果としてリーダーになるのである。リーダーが、この人ならついていきたい、この人なら一緒に仕事をしてみたい、この人のために一肌脱ぎたいと言ってもらえる人であれば、命令や権威、飴とムチでの動機付けをしなくてもフォロワーの自発的な参画や協働を可能にするものなのだろう。目標の実現に向かって人の輪が広がり、ごく自然にリーダーの夢がみんなの夢になっていくのだろうと思う。難しい話でもなんでもない。戦略的思考とかコミュニケーションスキルを磨く前に、親しみの持てる魅力的な人間であること、リーダーシップはこれに尽きるといってもいいのではないだろうか。

五　資格の功罪―自己研鑽のすすめ―

社員の能力向上のため、社として組織的に社内教育に取り組むにしても、教育機関ではないので自ずと限度があり、やはり、社会人になってからの能力向上は、自己研鑽が主体になると思う。もちろん、日常の業務経験を通じて必要な能力を身に付けて行くわけであるが、それ以外に、就業時間外に時間を割いて自己研鑽を積む場合も出てくる。その最たるものは、専門の資格を取るための勉強である。物心ついてから社会人になるまで、高校、大学と入学試験を経験し、在学中も中間、期末試験と、学生時代は学ぶのが本業なので仕方ないかもしれないが、色々な試験に追いかけられてきたように思う。そして、就職し試験からは解放されるかと思いきや、サラリーマンになってからも通過しなければならない試験がいくつもあることに驚かされた。就職後、試験勉強に費やしたトータルの時間は、学生時代に劣らないような気がする。そして、その多くは専門の資格を取得するための時間であった。

普通、資格というと、公認会計士、税理士、弁護士、医師免許に代表されるような、それを取得していないと仕事をしてはいけない業務独占資格と呼ばれるものが、まず、第一に思い浮かぶ。就職してから、その種の資格で受験し取得したものとしては、放射線を使用する検査機器の使用や保管に必要な資格、環境系の証明事業をするにあたって管理技術者として必要な資格などで、いずれも、若干、専門は違っていたが、必要に迫られて挑戦したものであった。一方、仕事をする上で、どうしても必要ではないが、その資格を持っているとがステータスシンボルとなり、仕事を受注したり消化したりする上で役立つ職業資格というものがある。勤めていた建設コンサルタント業界においても、そのような国家資格があった。所定の経験年数があれば受験することができ、それを取れば、自他ともに一人前と呼ばれる資格である。勤めていた会社でも、若手社員は誰しもその資格を一つの目標として、受験勉強をするのが風潮になっていた。自分も若かりし頃、その資格を目指していたが、問題は、学生時代と違って働きながらなので、就業時間外にいかにして時間を作りだすかということであった。当時、残業も多く帰宅時間も遅かったので、よく、往復の通勤電車の中で専門書を広げたり、模擬試験の答案を書いたりしていた。土日には、家族には申し訳なく思ったが、よく図書館通いをした。合格率一〇％前後の比較的難しい試験であったが、おかげさまで運よく合格し、その資格名を名刺に記載すると、初対面の人の態度がこうも違うかと驚かされたこともあった。

このような業界内でも一目置かれる資格は、社としてもメリットがあるので、積極的に後押しすることにしている場合が多いのではないだろうか。勤めていた会社でも、兼ねてより個別的には受験者に対する支援を行っていたが、丁度、自分が人材育成の責任者になった頃、大々的に資格取得支援システムを構築することにした。筆記式の試験なので、既存の合格者の答案を提出させ教則本を作り、教師役を社内から集め添削指導をすることにした。合格時には報奨金を与えることにして、指導役の社員にも金銭的に苦労に報いるように配慮した。そうなると、支援に要する費用も馬鹿にならない額になったので、「資格を取って、やめられたのでは元も子もないではないか」との批判もあったが、大半の社員が留まることを前提にすれば、戦力になることは間違いない旨を説明し説得したところ、全社的な方策として導入されることになった。「諦めない、あせらない、割り切らない」をモットーに、合格の近道やコツを提示し、指導者用の指導要領みたいなものも作成してノウハウを社で共有できるように配慮した。この支援システムは自分が退職後も継続運用され、既に、三〇年近く経つのではないかと思う。正確な合格者の総数はわからないが、毎年行われる試験で何回受験してもよく、平均すると三回程度受ければ合格する場合が多かったので、このシステムを利用し真面目に自己研鑽した者の大半は、既に、合格しているのではないかと自画自賛している。

資格は、合格すればそれで終わりというわけではない。常に、資格の名に恥じない実力を保っておくことが大事である。資格と実力の関係は、必ずしも、どんぴしゃりと一致しているわけではなく、図に示すとおりではないかと思う。まず、図中bゾーンの人は、資格を持っており実力もあるケースで、名実ともに過不足がないので、何の問題もない。後は、実力が低下しないように、自己研鑽を続けることである。次に、cゾーンの人は、実力はあるが資格を取得していないケースである。車の運転で言えば、無免許運転ということになる。このゾーンに入るのは、いわゆる、たたき上げの人によく見かける。試験には適齢期があるので、仕事に追われているうちに、いつのまにかその年齢を過ぎてしまった年長者もこのゾーンに多い。学ぶ習慣に乏しいので、試験の準備を全くせずに、試験会場に足を運ぶ人も少なくないのではないだろうか。どんな試験でも、試験にはコツやテクニックがあるものなので、たとえ指導者が後輩であっても、その指導を仰ぐのが得策である。社としても、このゾーンにいる人に何とか資格を

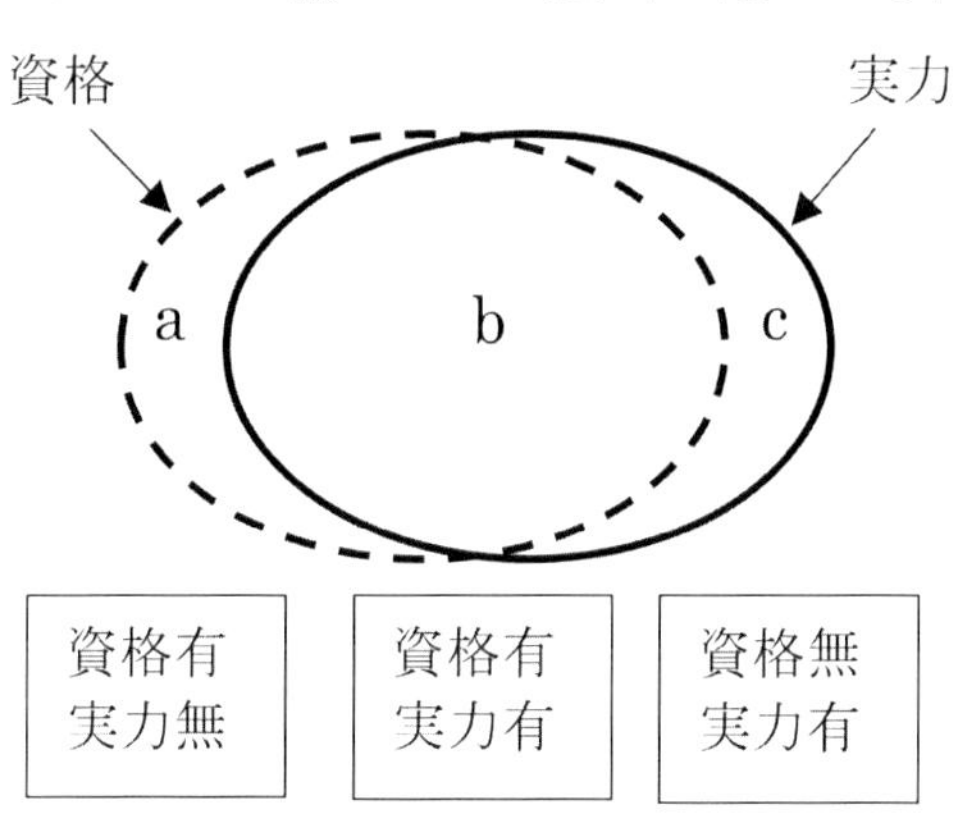

資格と実力の関係

取ってもらうように、強力にバックアップすべきと思う。

資格を考える上で注意すべきは、aゾーンにいる人で、資格は持っているが実力を伴わないケースである。車の運転で例えれば、ペーパードライバーである。資格マニアの人にもよく見かける。受験に受かるためだけに勉強し、何とか受かったものの、その後のフォローは一切しないという場合である。何といっても、実際の仕事は経験がものをいう世界なので、このゾーンに入る人は、資格が取れたからといって安閑とせず実務経験を積む必要がある。資格に受かったことを機に、それに恥じない実力を身に付けるように心掛けるべきである。

サラリーマンの世界は実力社会であるとはいえ、相変わらず、学歴などの就職する以前の経歴がものをいうというのも事実である。幸運にも恵まれた境遇に生まれ高学歴を獲得した人はそれでよいかもしれないが、そうでない人は、就職してから如何に努力しても、その差を乗り越えられないと思ってしまい、諦めの境地に陥ってしまう人も多いのではないだろうか。資格は、そういう人にリベンジのチャンスを与えるということで大きな意味があるように感じる。現に、勤めていた会社では、前述の資格をポストの要件としていたが、最高学府と呼ばれている大学を出た人が、その試験に受からなかったため昇格できなかったのに対し、何らかの事情で大学へ行けなかった人が努力しその資格を取得し、ポジションを獲得したという例もあった。ある意味、資格はハンディキャップを克服できる魔法の杖ともいえるような気がする。資格は、本来、実力を証明するものであるが、必ずしもそうなっていないケースが散見されるなど、功罪相半ばする面があるかもしれないが、少なくとも、過去不遇であった人に、いくつになってもリベンジのチャンスを与えるということで意義があるように思う。かくいう自分も、資格を取得したことによって、社内外で様々なチャンスが巡ってきて、サラリーマン人生の折々において、助けられた場面が少なくなかったことを今にして感じている。

第五章　社外活動

一　競争と共闘―協会というもの―

どのような業界にも、その業界で仕事をしている民間会社が集まった○○協会と呼ばれる業界団体がある。傍から見ると何をしている団体だかわからないが、よく、何かその業界に関連した社会問題が発生すると、業界を代表して業界としての見解や態度表明をすることにより、その存在が世間に知られることとなる場合が多いのではないだろうか。専従職員の他に、その業界を所轄する官庁から三〜四年の交代制で天下りする幹部の主要ポストがあり、後は会員各社からの出向者で成り立っている組織である。売上高、社員数など規模に応じて傾斜配分された会員である各社からの会費を原資にして運営がなされている。社会資本整備（公共事業）を主な生業とする業界の場合、図に示すように、所轄官庁は直接の顧客でもあることになる。そして、協会は顧客でもある所轄官庁に対する業界の窓口的な役目を担うことになる。所轄官庁としては、協会を通して、新たな施策を通達したり、施策を実行するにあたり裏付けをとるための実態調査を依頼したりする。民間各社としても、所轄官庁に対して何かを要望したり提案したりしたい場合は、一旦、協会に申し出て、協会が各社の意見をまとめ業界の総意として所轄官庁に伝えることになる。時には意見具申することもある。言ってみれば、協会は、いわゆる組合みたいな性格の組織である。

勤めていた会社の業界にも、協会と呼ばれる組織があった。五〇代半ば頃から、社の代表として、協会内に常設されている経営委員会、企画委員会、総務委員会など、色々な委員会の委員として参画するようになった。会員各社からも人選された社員が、委員として関わっていた。これらのメンバー同士は、普段は競合他社の社員として個別案件を競って取り合っているわけであるが、この時ばかりは、共闘を組んで所轄官庁に対峙することになる。協会としては、報酬（技術者単価や歩掛り）のアップ、公正な入札形式の導入、新

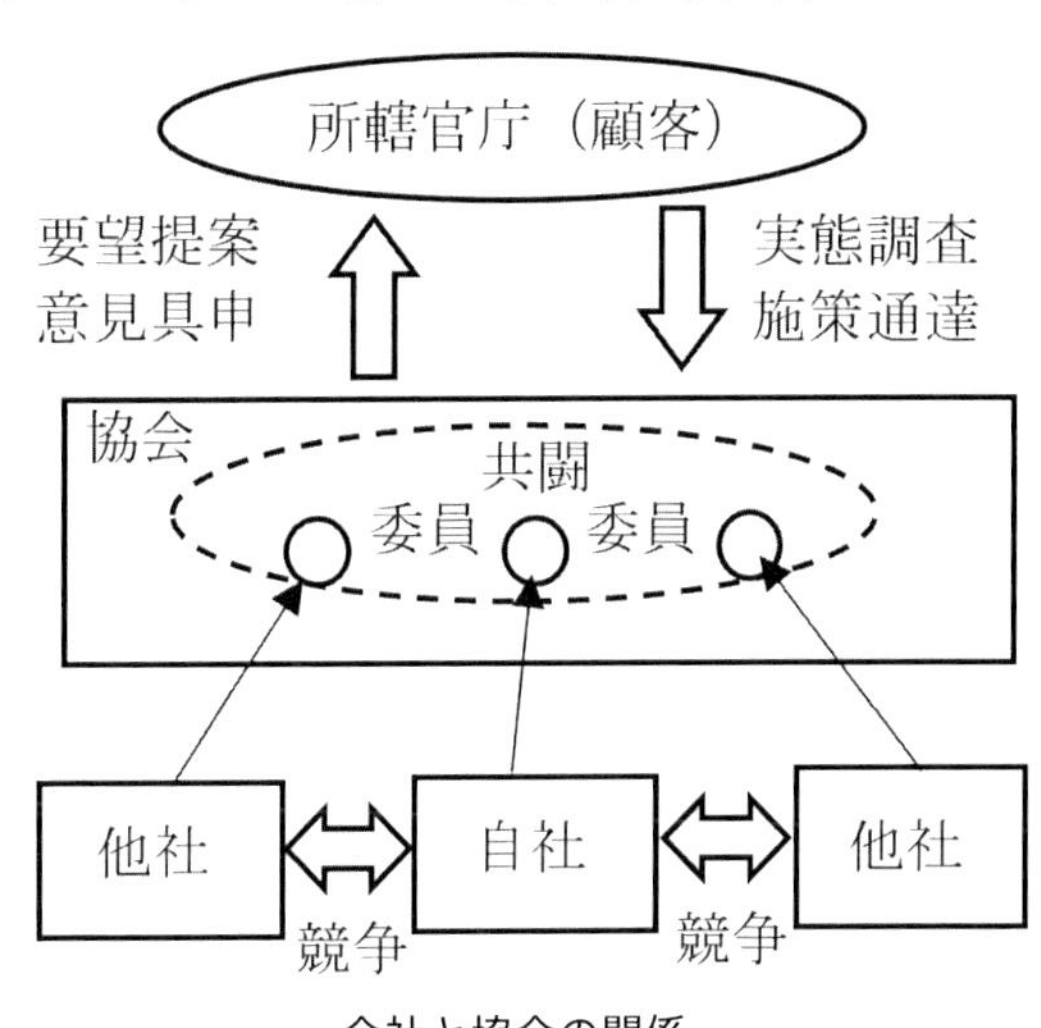

会社と協会の関係

たな役割の創設などを要望したり提案したりするわけであるが、その根拠となるデータを会員の意見を聴取し取りまとめる必要があり、これが一苦労である。また、時代時代の業界としての課題や懸案事項に対しても、業界としての解決策や対応策を考案し提示する必要があった。たとえば、談合問題が発生したときには、倫理委員会のメンバーとして倫理規定を改定したり、成果品の電子化が叫ばれるようになったときは、新たに電子納品の委員会を立ち上げ、施策の原案を策定したりした。この他に、年一回活動報告として出される白書のとりまとめや、数年おきに打ち出される業界のビジョンや行動計画の策定にも関わった。

協会に対するスタンスは、会社によってだいぶ振る舞い方が違っていた。最も協会活動に力を入れていた会社は、協会に進んで社員を送り込んでいた。それも、一定期間の出向というのではなく、会社には戻って来ずに協会で定年を迎えるという、言わば、片道切符の移籍と同様のようであった。その会社は、公共事業一辺倒の会社で、役所のOBを多く割愛申請し厚遇していた。経営幹部には、旧帝大出身者が顔をそろえていた。協会代表という肩書で顔を売り、協会という立場を通していち早く役所の情報をつかむために、協会活動を経営戦略の一つとして考えているようであった。従って、一緒に協会の委員会活動をしていても、委員長など、直接、役所と対面できるポストをとることに執着していた。他社より一歩先んじて役所との仲介役を担おうとする傾向があった。役所も、暗に、どこの会社の人間であるかどうかがわかるだろうということを見越して、自社を売り込もうとする節もあった。社内的にも、協会活動をしていることが、人事評価に反映されたり、昇格・昇進の理由になったりしているようで、出世を考えた場合にプラスに作用しているようであった。

それとは正反対に、協会活動に無関心で、熱心でない会社もあった。もともと外資系の会社で、公共に頼らず、民間にも力を入れていた。もちろん役所のOBは社の要職にはつかせないと明言していた。経営幹部は、出身校に執着しない布陣を敷いていた。外部からしばられずに自由に経営をしたいと株式も上場していなかった。協会からは一歩引いていて、案の定、余り汗をかかず、行動を共にするというよりも距離を置いている印象であった。社内でも、協会活動は個人が好きで勝手にやっているに過ぎず、何ら評価されないと話していた。

自分が勤めていた会社はどうかというと、その中間であったような気がする。経営幹部は、戦後、設立された当初は、最高学府と呼ばれる大学の出身者でしめられていたが、時代の流れとともに世代も移り変わり、今は、私大出身者も経営幹部の一員として名を連ねているようになってきている。自分も含めて委員として活動していた人は、それなりに汗を流していたし、成果も上げていたと思われるが、組織というよりも、どちらかというと個人の頑張りに頼っていたきらいがあったと思う。考えようによっては、前述の二社に比較し、どっちつかずの中途半端な取り組み姿勢であったともいえるかもしれない。社内的な取り扱いについては、必ずしも、協会活動に汗を流した人が評価されたり、それを理由に社のポストを獲得するというわけではなかった気がする。いってみれば、業界通として認識され、経営幹部の手元として便利使いされていることが多かったように思う。逆に、全く協会活動を何もしていなかった人が、社の要職に座っていたというだけの理由で、会社相互のバランスを図るために、落下傘で協会の要職についたということもあった。

協会活動をやっていた頃を思い起こすと、役所の要請に期限までに回答する必要があり、急いで会員各位に意見照会を行い、その結果をまとめて協会上層部の承諾を得て役所に急いで提出するなど、やることが大変多かった。とても、日常業務の片手間ではやりきれないものばかりで、各社とも委員になった人の個人的負担は相当のものがあったと思う。協会の中でも、公共事業を主たる仕事としていない業界の場合は、所轄官庁が顧客ということはほとんどないので、協会活動がダイレクトに自社の業績に繋がるというわけではないと予想されるが、所轄官庁が直接の発注者ともなりえる業界の場合は、協会活動と社業との繋がりはより濃厚なので、協会のメンバーとしても、シビアな振る舞いが要求されてくるように思う。

勤めていた会社も色々な分野の公共事業に関わっているので、その分野ごとに協会というものがあったが、その構図は概ね同様のものであった。それらの活動を見ていると、協会という組織は、官（発注者）と民（受注者）が意思の疎通を図りながら社会資本整備を円滑に進める上で、必要なものなのかもしれない。協会に対する考え方は、会員各社の社風や思惑などによって、相当温度差があるのが現状である。しかし、業界全体の健全な発展を願うならば、やはり、協会活動は公平が原則でフェアな形で行われるのが望ましいと思う。協会活動に要する汗は応分にかくとして、その恩恵として得られた果実も公平感を持って会員皆が享受するのが順当である。間違っても、協会を社業の道具に使ったり、協会を利用し自社が得するような要望を役所に提出したりするなど、立ち回りの上手い会社が得するようなことがあってはならないと感じる。場合によっては、抜け駆けを許さないために、協会内に内部統制的な仕組みを導入する必要もあるかもしれない。ポストに関しても、会員皆が納得する公平なルールが必要な気がする。これまでの協会活動の経験から思うことは、同業他社とは、普段は競争相手として腹を探り合い駆け引きをしているとはいえ、災害など緊急の際には、ホットラインを通じて腹を割って話せばわかるという関係を築いておくことが大事であり、そのような業界としての一体感を醸成するのも、協会の大きな役目の一つであるように思う。

二　アカデミーの光と影ー学会というものー

会社は、色々な分野の仕事をしており、各分野ごとに学会というものがある。学会には、賛助会員といって会社などの組織も加入しているが、個人加入が基本であり、社として加入を強制しているわけではなく任意なので、会費も個人負担となる。学会は、図に示すように、大学などの教育機関からなる学界、官公庁や公社・公団などの外郭団体からなる官界、民間各社からなる産業界からのメンバーで構成されている。専門分野ごとに委員会が設立されており、その運営は会員からの会費で賄（まかな）われている。毎年、定期的に年次学術会議と称する全国大会が、大概、各地域の主要大学を会場にして開催され、全国から会員が集積する。自分も、二〇代の後半から、仕事を通じて得られた成果を見開き一ページ程度の論文にしてよく発表していた。論文を投稿するには、会員であることが条件だったので、それが会員になったきっかけであった。それ以来、現在まで四五年近く、退職してからも会員を継続している。

年次学術会議に行くと、細かく専門分野ごとに分けられたセッションが設けられており、一人五分前後であったと思うが、代わる代わるに論文を口頭発表する。意識的に、毎年途切れることなく連続して発表するようにしていたが、そのうちに顔も覚えられ、誰が何をやっているかも自ずとわかってくる。お互い切磋琢磨（せっさたくま）していたので、たまに一年発表しなかったりすると、「あいつはもう諦めたのか、戦線離脱か」と思われかねなかった。発表の後、質疑応答が行われるが、当然その席にはその分野の権威と呼ばれる人も来ており、直接、発表論文に関する評価や見解も聞く

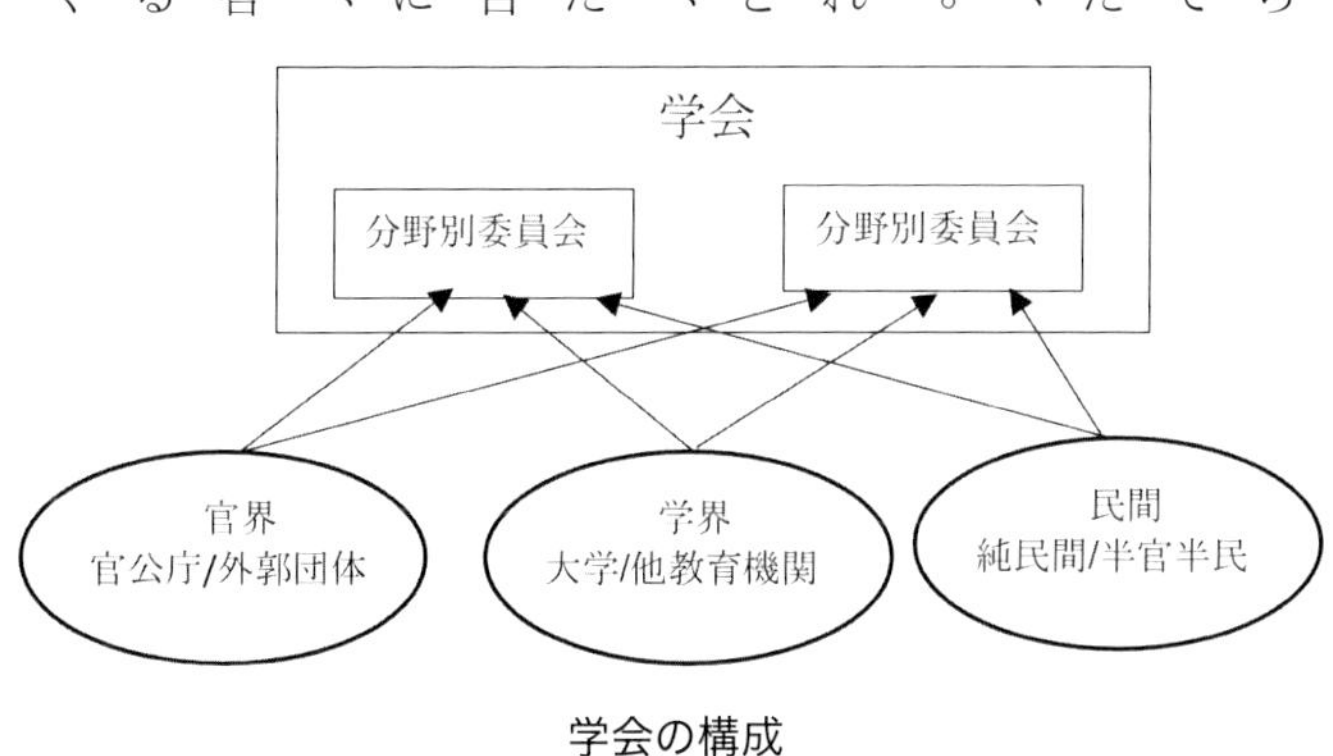

学会の構成

ことができるので、格好の武者修行の場でもあった。論文書きは仕事とは別なので、就業時間内にやるわけにはいかず、やむなく、仕事が終わってから、現場事務所に泊まり込んだりして、夜を徹して執筆に没頭するなど、労力を要するものであった。いつも脱稿した直後は「金輪際(こんりんざい)書くまい」という気分に襲われるのが常であった。書き上げたその足で北海道へ飛び、口頭発表して、日帰りでとんぼ返りしたこともあった。学会は、機関誌を定期発行しており、不定期に専門書も刊行していたが、次第に専門分野内でも名前が知られるようになり、共著で専門書を執筆したりするようにもなった。また、専門分野に関する基準書やマニュアルなどを刊行するのも学会の役割であったが、そういうものにも関わるようになった。学会という名前はついていなかったが、実質、学会のような専門家が集まる団体もあって、そこは同じ分野の国際的な組織の日本支部みたいな位置づけになっていて、そのメンバーとして、国際会議にも何度か論文を発表しに行ったこともあった。

四〇代後半までは一人の専門家としていくつかの学会で委員として活動していたが、五〇代になると、専門家というよりも組織人としての立場で参画することが多くなってきた。そういう場合は、建前はあくまで個人の任意参加なのだが、実際は会社の看板を背負って参加しているようなものなので、他の委員からもそういう目で見られていた。前述したように、学会は学界、官界、産業界とわけられ、さらに、産業界もゼネコンやコンサルタントなどの純民間の他に、鉄道や電力などのいわゆる半官半民のグループもあるので、会社の代表というよりも、コンサルタント代表だったり、純民間代表だったり、あるいは産業界代表だったりと、色々な組織を背負って参画するケースが出てきたので、ケースバイケースで立場をわきまえて振る舞わねばと肝に銘じていた。

学会は、やはり学界である大学が中心の組織あることは確かである。たとえ、所属が大学、官庁、民間と分かれていても、同じ大学の同じ学科を卒業した者同士なので同窓会みたいな雰囲気があり、卒業生同士の絆も強い。そうなると、自ずと大学の序列がものをいう場面が少なくない。会長は二年の任期で交代していたが、外見上は、所属が学、官、民の人が交代制で、そのポストについているかのように見えても、実は、そのほとんどが同じ大学出身者であるということは、往々にしてあった。もっとも、同じ大学出身者の中でも競争があり、上昇志向の強い人は、不祥事などで本命と思しき人が出馬できないようなときに、機に乗じて、順番を無視するという掟破りをしてまで会長の座を射止めたというのを身近で目撃したこともあった。人の紹介で、分野を問わず、民間の学位取得者だけが集まる○○アカデミーと名づけられた団体に顔を出したことがあったが、会合に出席し話をしているうちに、やはり、最高学府と呼ばれる大学出身者の集まりであることが判明したこともあった。また、全く場違いであったが、官庁出身者だけの集まる〇〇倶楽部と呼ばれる団体を覗いたことがあったが、やはり、そこも最高学府と呼ばれる大学の卒業者ばかりで、その中で、どの学部卒であるかが問題のようで、はっきりとした序列があり、官公庁の序列とも符合していることも分かった。最高学府といわれる大学を出た人は、東か西かは別にして、卒業年次だけしか口にしないものである。どの大学の出身であるかどうかは、言わずもがなというところなのだろう。

社会に出て、若い頃から、学会に出入りしたことにより、専門性を磨く上で随分役立ったと思う。普段、なかなか個人的には知り合いになれない、大学、官庁の人とも、共通の専門性を有するということで知り合いになれたし、人脈もでき見識や視野も広がったというのも事実である。その一方で、サラリーマン人生の終盤戦にきて、社外の世界に頻繁に接するようになり、学歴格差や学閥が歴然とあることを、否応なく知らされた気がする。若い頃からも薄々感じてはいたが、社歴を重ねるにつれ、社会人になってからの努力だけでは、なかなか乗り越えることのできない壁であることもわかった。主な受注先が民間の場合が多い業界に身を置いていれば、それほど感じなかったかもしれないが、官庁とのかかわりが強い社会資本整備（公共事業）に関わる業界だったので、学会などの外部活動をしていても、そのことを如実に感じたのかもしれない。

現役時代、随分多くの最高学府と呼ばれる大学の出身者と付き合った。色んな性格の人がいたが、共通していえることは、自分より学歴などラベルが上か下か、それをやったら損か得か、失敗することはないかということを、執拗に気にするということである。勘定高いというか、そうしなければ、子供の頃から競争を勝ち抜いてはこられなかったのであろう。失敗さえしなければ、黙って何もしなくても、自然と周りが神輿（みこし）を担ぐように押し上げてくれると思っているからかもしれない。身近にいたその中の一人の人は「高校時代、皆が遊んでいるのに我慢して勉強し難関大学に入学したのだから、存分にその利点を活用するのが当然である」と豪語していた。自分たちは、社会において選ばれし人々であり、特権階級にあると言わんばかりの口調であった。今、もしも同じような考えを持っている人がいるとしたら、社会正義を提唱するハーヴァード大学のマイケル・サンデル教授が、格差について質疑応答という形で学生たちに説明したエピソードを紹介したいと思う。学生たちはサンデル教授に対して、まず、最初に「自分たちは才能とは別に努力したからこそこの大学に入れたのである」と主張する。次にサンデル教授の「ならば君たちは兄弟の中で何番目か」という問いかけに対して、学生の七五～八〇％が第一子だと答える。さらに、一般的な家庭では第一子に教育を施すという統計を見せ、「君たちのほとんどが第一子であるのは、はたして君たちの努力によるものか」と続けると学生たちは口籠ごもってしまったという話である。ことほど左様に、人間は、今、自分が他の人と比べ優位な立場にあるのは、自分が努力したからだと思いがちで、自分が恵まれた環境にあったことを忘れがちなものである。親方日の丸といわれる官主導型の日本社会において、学歴偏重を無くすことは一朝一夕には難しいのかもしれないが、少なくとも、学会活動のような個人が自由に参加し意見を述べられる場においては、出自による差別がないように、少しずつでもできることから改善していくべきだと感じる。

三 「士さむらい」を標榜ひょうぼうするものたち―継承と引き際―

弁護士会、会計士会、税理士会など、「士さむらい」のつく資格を取得した者からなる団体というのはいくつもあるが、業務独占資格ではないけれども、技術者の場合も、資格取得者からなる同じような組織がある。技術分野としては、ほぼ全産業に渡っており、大学の学部でいえば工学部、理工学部の卒業者で、同じ技術系の国家資格に受かった者同士の集団である。図に示すように、ほぼ全産業を網羅した部門があり、全国各地に地域本部もある。誰でもその資格試験に合格した者は会員になれるが、民間会社に勤めている人がほとんどで、官庁や大学に勤めている人はほんのわずかである。官学に気づかいはするものの、あくまで民間が主役の集まりといえる。個人参加が原則であるが、組織として力を入れている会社もある。地方に行くと、その地域の産業界の名士と呼ばれるような会社が積極的に参加していることが多い。また、

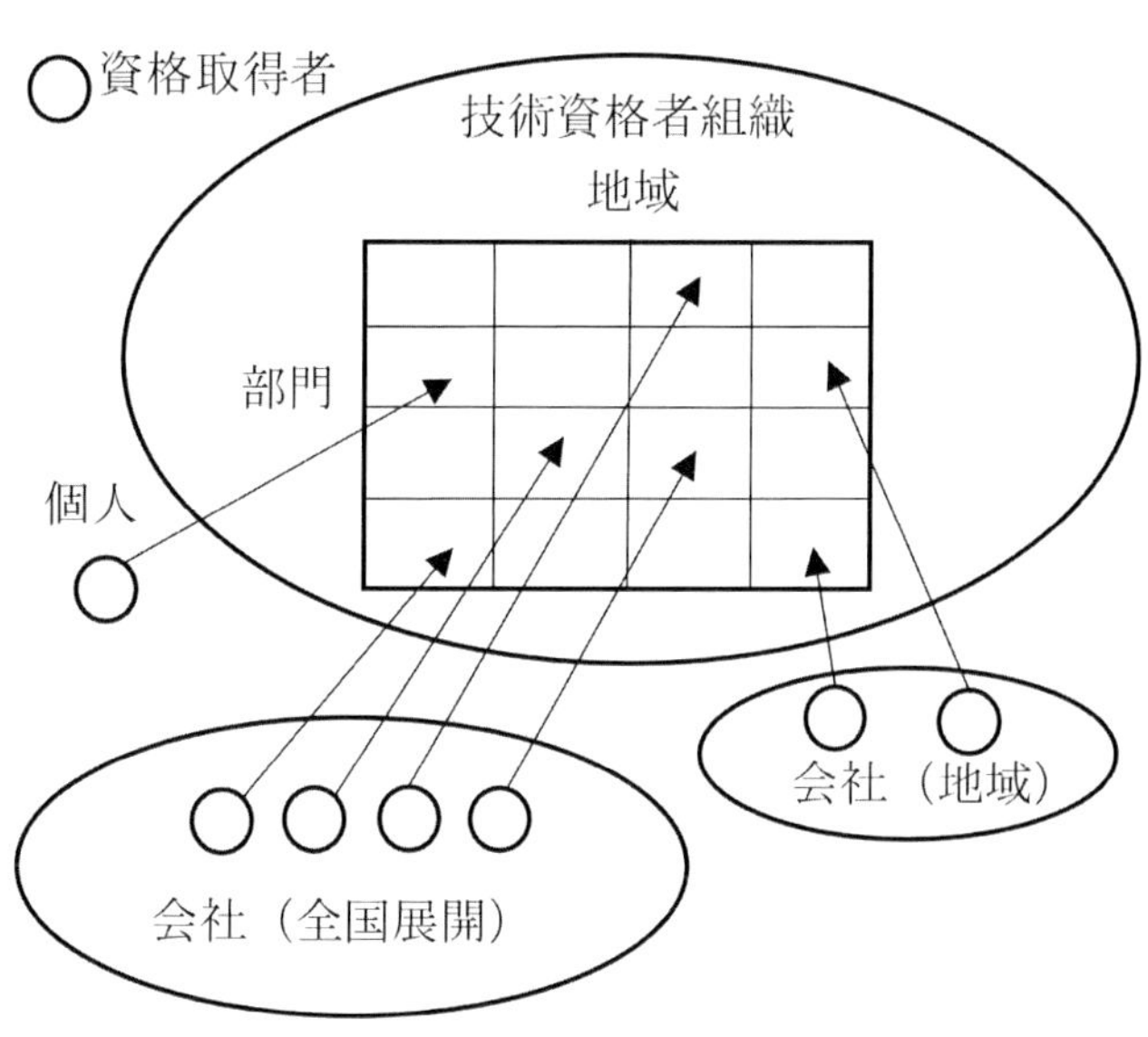

技術資格者団体の組織

会員の中には、特定の会社に属さず、資格に合格したことにより念願だった独立を果たし、自分の名前を冠に付けた事務所を開設している人も少なくない。

この資格は、社会人になってからある程度の経験を有していることが受験の要件となっており、合格率も五〜一〇%と比較的難しいので、受かった者同士、お互いをレスペクトしあう傾向があり、仲間意識も強い方である。初めて会に出席した人は皆びっくりするが、お互いを「〇〇先生」と呼び合う習慣が今も残っている。二〇代の終わり頃、その試験に運よく合格し会員になったが、社内の人に誘われて会の活動に参加したのは四〇歳近くになってからであった。初めて会合に参加して驚いたことは、その年齢では、まだ、青年の部類に属するということであった。それもそのはずで、その会は、本人がその気ならば、生涯、会員でいられるので、平均年齢が高く八〇歳を過ぎた長老と呼ばれる人も何人もいた。

会に関わり始めた四〇代初めの頃、自分の専門部門の試験委員を拝命したことがあった。筆記試験は夏の盛りに行われるので、採点は九月半ば過ぎから一斉に開始されることになる。回答は全て記述式なので、全国から集積された答案を、部門と専門科目ごとに選定された数人の試験委員で手分けして見ることになる。採点の公平さを期すために、二人一組になって採点し、予め採点基準は決めておいて、点数に大きな差異が生じた場合は、再度、見直すことにしていた。相当数の答案を定められた期限までに見るのに、多大な時間と労力を要したのを覚えている。試験委員の任期は三年であったが、二年目からは少しずつ要領がわかったのでペース配分ができたが、一年目は、答案の隅から隅まで一字一句見逃さずに目を通していたので、寝る暇もなかった。筆記試験合格者は、年末に口頭試験を受けることになる。口頭試問は、記載されている内容が、間違いなく本人の経験に基づくものであるかを確かめるために行うが、同時に、必ず技術者倫理について設問するようにしていた。この資格は倫理を重要視しており、守るべき義務や責務として、信用失墜行為の禁止、秘密保持、公益の確保などを定めている。社会的問題となった水俣病事件、雪印乳業食中毒事件や、注目を集めた米国のチャレンジャー号事故などの経験を参考にして、技術者として守るべき倫理要綱が策定されていた。

　この会の特徴として技術者倫理の他に社会貢献にも力を入れていた。東日本大震災の際には、原子力や防災部門の専門家が現地に乗り込み、役所に対して技術的なアドバイスをしたり、地域住民に対して避難訓練などの指導をしたりと、直接、被災地に対して支援を行っていた。定例的な活動としては、年間行事として、大概、地域の産業文化会館みたいな所を会場にして、全国大会を開催していた。何周年記念のような区切りのよい年には、皇室の列席を願うこともあった。その他に、定期的に行われるものとして、部門ごとの講演会や見学会が毎月開かれていた。部門に関係した学識経験者や著名人の話を聞いたり、進行中の現場や完成後の関連施設などを訪れたりした。五〇代の初めに、部門の部会長を引き受けていた頃は、全国大会に本部の部会長として出席するだけでなく、毎月の行事を計画し滞りなく実行したりするのに、結構、時間を割かれた。

六〇代に入り、事業委員会などの常設委員会の委員長もやるようになり、会全体の運営にも関わるようになった。そうなると、徐々に、会の内部事情も分かるようになり、それまではあまり気にしていなかったが、「ここにも勢力争いがあるのか」と思う場面に何度か出くわすことになった。特に、会長のポスト争いは辛辣(しんらつ)なものがあった。会長職になることは名誉なことであり、天皇の園遊会などにも招待されるなどいくつかの特典もあった。それに、公益社団法人の会長を務めた経験があることは、勲章をもらう上での、強い理由の一つになるのである。普通、叙勲というと、官僚出身者や学者しか対象にならず、民間育ちには縁のないものかと思っていたが、産業界で功績があった人に与えられる民間出身者でも受賞しやすい黄綬褒章(おうじゅほうしょう)という勲章がある。現に、会長経験者の何人かは、この勲章を手中にしていた。そんな背景もあり、会長ポストの争いは激しく、学会のように学閥の争いはなかったが、部門間の競争もあったし部門内での競争もあった。会の仕事をしている中で、いつの間にか、その渦の中に否応なく巻き込まれ、些細なことに拘泥（こうでい）することもあった。そんなとき、どこからともなく登場するのが長老で、長老の意見が大きな力を持っていて、鶴の一声で物事が決まっていくのを目の当たりにしたこともあった。

どんな団体でも、集団ができるとポスト争いが生じるのは、人間の性（さが）のなせる業なのかもしれない。協会、学会でも経験したが、またしてもそれに遭遇することになり、人間の名誉欲、支配欲というのは尽きないもので、年を取ってさらに増してくるようにも感じられた。しかし、どんな組織でも世代交代は必要で、いつか後進に道を譲らなければならないのは必然である。年長者の貴重な経験は組織の財産であり継承していくべきであるが、出しゃばりすぎて現役世代の自主性を妨げては組織のためにならない。組織を去る時、引き際は、潔（いさぎよ）さが大事で、間違っても院政を敷いて影響力を保持するなどして、傍（はた）から老害と揶揄（やゆ）されないように、身の振り方をわきまえておくことが肝心であろう。

四 同窓の縁―その得失―

箱根駅伝など、スポーツイベントなどで顕著なように、母校ということだけで盛り上がり応援したり、初対面でも同窓ということだけで親近感を覚えたりすることはよくあることであるが、社会において、同窓というものがどのような意味を持つかということは、学生のときは意外と分からないものである。

高校時代、シュバイツアーに憧れ開発途上国で海外支援の仕事につきたいと思い、それには何か技術の習得が必要ということに思い至り、祖父が建設に関わる職人であったことも頭の片隅にあったせいか、土木の道を選んだ。大学については、特にどうしても行きたいという志望校があったわけではなく、早く技術を身に付け海外へ行きたいと思っていたので、浪人はせずに受かった大学にすんなり入学した。自分が入学した頃は学園紛争の真っただ中で、校舎が封鎖されるなどまともに勉強もできない環境にあり、だからというわけではないがクラブ活動に夢中になり、大学四年間は真面目に授業に出ず勉強らしい勉強もしなかった。当然、成績も下から数えた方が早い方で、卒業できるかどうかのボーダーラインであった。ゼミの指導教官から、卒業するかどうか聞かれたが、無理に卒業しても何も身に付いていないので、親には申し訳ないと思ったが一年留年することにした。そんなこともあって、大学五年目はみっちり勉強し、その結果、海外支援を主たる事業とする希望する会社に就職することができた。入社すると、社内に大学の先輩はいることはいたが、少数派で、特に同窓だからと目をかけられることもなく、工学系が後発の大学だったため、有名一流大学のように徒党を組み定期的に集まるというようなこともなかった。

初めて、同窓であることを意識したのは、表に示すように、三〇代の初め、南米で開催された国際会議に論文発表に行った際、日本から同行した仲間の中に、同窓の先輩がいたことからであった。その先輩の方も、当時、同じ業界で目立った活動をしている同窓生が少なかったため、希少性からか目にとめてくれ、可愛がってくれた。同じ頃、東京都の地下鉄一二号線（現大江戸線）の建設現場に同窓の先輩がいて、そ

同窓との関わりの経緯

	1970年代	1980年代	1990年代	2000年代	2010年代
年齢	30	40	50	60	70
立場	就職	課長	部長	本部長	退職
大学生	━				
先輩との出合		━━━			
リクルーター		━			
博士号挑戦			━━━		
非常勤講師				━━━	
同窓会会長					━━

れを知らずに、地下鉄建設により影響を受ける電力地中線管理者（電力事業者）側の立場で、近接施工管理のプロポーザルを持ち込んだ際、「民間の分際で、被害者（電力事業者）の立場を笠に着て、加害者（東京都）に営業を仕掛けるとは、けしからん」と、不届き者呼ばわりで、こっぴどく叱られ、けんもほろろに追い返されたことがあった。ところが、しばらくして、どこから聞いたのかその先輩の方で、こちらが同窓の後輩であることがわかると、手のひらを反すように態度が一変し、以後、大変親しくしてくれた。その人の紹介で、御茶ノ水のシーフードレストランに定期的に同窓生が集まっていることを知り、大勢の先輩を紹介してくれた。同窓の先輩は民間企業に勤めている人が多かったが、発注者である官公庁に所属する人も数人いて、損得勘定抜きで色々と力になってくれた。

当時、自分も四〇歳手前で課長になり、仕事は順調であったが、徐々に現場から離れ、純粋な技術というよりも益々マネジメント業務が多くなることが気がかりになってきていた。仕事を通じて知り合った社外の人の中には、博士号を取得している人も何人かおり、自分としてもそれまで専門誌に技術論文はある程度投稿していたので、チャンスがあればいつか博士に挑戦してみたいとおぼろげながら思うようになっていた。丁度、その頃、新卒採用のためのリクルーターとして母校に足を運ぶようになり、大学との接点も出てきたので、やるなら今をおいてないと思い、一念発起し博士にチャレンジしてみることにした。しかし、考えてみれば、社会的地位があるわけではなく、弟子と呼ばれる立場でもない自分にとって、無謀な挑戦のようにも思え、とりあえず、先の国際会議で知り合った先輩に相談してみることにした。その人は、既に、他大学で博士号を取得しており、母校に博士課程を設立するための中心的人物で、何とか文部省（現文科省）の許可はおりたものの、適当な人物がいないか、丁度、探しているところだった。都内のとある喫茶店で落ち合い、思いの程を告げると、それを確かめるように、これまで学位を志していた者が、内外からのクレームで頓挫した事実を一頻り語った後、「内堀は俺に任せて君は外堀を固めろ」と二つ返事で、背中を押してくれた。母校の非常勤講師の経験もあり学内での信頼も厚い人の言葉に、百人力を得た思いだった。同一分野の学識経験者は、これまでの学協会活動を通じてある程度名前も売れていたので問題ないと話すと、「分析や発想はオリジナルなものでも、データは仕事を通じて得たものなので、顧客や会社にはくれぐれも不義理をしないように」という貴重なアドバイスもいただいた。

　早速、その人の紹介で論文の目次と要旨を携え久しぶりに大学の恩師を訪ねた。すると、「実は今年退官するので後任者に申し送っておく」という思いがけない言葉が返ってきた。

数ヵ月後、指導教官に初めてお会いしたが、前任者からの申し送りとはいえ、着任早々、やっかいな仕事が待ち受けていて、初めは気乗りがしない風だった。ともあれ、こちらとしては相手の気が変わらないうちに、何とか論文を仕上げないことにはと、早々に、社の倉庫から自宅に関連する大量の資料を持ち込み、データの整理分析に取り掛かった。やってみると、予想以上に時間を要することがわかり、週休二日制になったとはいえ、とても休日図書館へ通い詰めるだけでは時間が足りず、ウィークデーに仕事と平行して論文に費やす時間を生み出す必要があることが判明した。やむなく、できるだけ定時に帰れるように日々の段取りを工夫したり、帰宅途中、塾帰りの子供を待つファミレスの雑踏の中でよく筆を走らせたりしていた。論文作成中は章別に出来あがるごとに、ほぼ一ヵ月に一度の割合で大学に通い、一字一句に至るまで熱心に指導を受けた。途中、大学側が博士課程の初めてのチャレンジャーということで手続きに慣れておらず一年先延ばしになるなど、ハプニングもあったが、何とか足掛け四年でゴールにたどり着くことができた。社内だけでなく、それまで応援してくれた同窓の方々からも祝福を受けた。

それから一〇年近く、同窓の集まりには顔を出していたものの、母校との接触はなかったが、ある日突然、博士号の指導教官から電話がかかってきた。要件は、非常勤講師をやらないかというものだった。しかし、五〇代半ばになり多忙を極めていた時期であり、一度は断ろうと思ったが、半ば、学位をとった者が母校に貢献するのは勤めになっていたようだったので、自信はなかったが引き受けることにした。仕事の合間を縫って、週一回、一コマ一・五時間の授業を受け持つことになった。一年目は、半期一四回分のシラバスを作り、毎回の授業の教材を準備するのに結構手間を要した。授業中は、こちらも、苦労して作った資料を必死に説明しているので、授業中、うとうとするくらいはよいが、帽子をかぶったままだったり、携帯をいじっていたり、用を足す以外で部屋を出入りするのは禁止することにした。代弁が頻繁に行われていることがわかり、出欠用紙を配り筆跡判定をしたこともあった。担当した科目は三年次の授業であったが、必須科目だったので、単位を取れずに毎年留年している学生が受講生約一〇〇人の中の半数近くいた。ある夜、そんな学生の一人から自宅に電話がかかってきて、毎年留年し、既に、在籍限度の八年目であり、この単位を取れないと学校を去らなければならず、就職も決まっているのに、親に顔向けできないというものだった。情に流されずに、機械的に採点し冷酷に判断すればよいと思っていたが、丁度、その頃、三男が大学生で学生の気持ちもある程度察しがついたので、杓子定規（しゃくしじょうぎ）にするのは余りに不憫（ふびん）かと思い、再試としてレポートを提出させ通してあげることにした。同僚の教官からも、既に、就職が決まっているので、ゼミの学生を何とか通してくれないかと、同じような話を頼み込まれたこともあった。非常勤講師を始めて四年目ぐらいから、担当科目が必須でなく選択になり気分的にも楽になったが、何だかんだ六年間大学に通った。大人数なので授業だけでなく採点などにもそれなりに苦労したが、若者相手なので、一時、日常業務から離れ、気分転換にはなった。教師の子として生まれ、他の三人の兄弟は教師になったにも拘わらず、一人だけ民間企業に就職したわけであったが、「蛙の子は蛙」とはよくいったもので、結局、回り回って「教育」という仕事にかかわることになったかと、にわか教師の経験を通じてしみじみ感じた。

それから一、二年後、六〇代の初めになり再び同窓との関わりが出てきた。互選で学科の同窓会長を三年間任されることになった。それまで先輩たちとは接点があったが、後輩たちの中にも、官民を問わず優秀な人材がいることがわかった。一緒に、現役学生のための就職セミナーを発案したが、その後、現在まで受け継がれ開催されているようである。今でも、たまに顔を出すと快く迎えてくれる後輩たちがいることは、大変ありがたいことだと思っている。

卒業生の母校に対する思いは裏腹で、優越感と劣等感があると思う。優越感は、人から羨望（せんぼう）の眼で見られたり、具体的なメリットがあったりしたときに感じるものである。そのさえたるものが「学閥」で、考え方によっては差別の温床になっているともいえる。一方、劣等感は、人から蔑（さげす）まれたり、デメリットがあったりしたときに感じるものである。よく、同窓の集まりに行くとほっとするのは、学歴を気にしなくて済むからで、同窓生とわかると理屈抜きに、半ば無防備に支援したり、面倒を見たりするのは、同じ出自を持つ身として、不利益を被ったときの痛みを共有できるからではないだろうか。振り返ってみると、勤めていた会社はいわゆる一流大学の卒業者が多かったので、少なくとも入社後一〇年くらいは、どちらかというと後者の感情を抱いていたような気がする。当時、資格取得に精を出していたのもその現れかもしれない。自分の場合は、運よく、三〇代前半に国際会議に行った際、同窓の良き先輩と知り合うことができ、同窓であるという理由だけで、目をかけてもらい、それが学位取得に繋がり、芋づる式に大勢の先輩から仕事上助けてもらい、大学の教壇に立つという貴重な経験もすることができた。もしも、他大学へ行っていたら、こうもトントン拍子にことは運ばなかったであろう。入学当初は全く予想していなかったが、結果論になるかもしれないが、就職してから母校とのつながりが深まり、思いがけず同窓の方々に大変世話になった。今から思うと、やはり縁みたいものがあったのかもしれない。

昔ほどではないかもしれないが、今も、歴然と学歴社会は残っている。どの学校を出たかということは、公私ともに社会生活を営む際の様々な場面で顔を出してくる。競争社会においては、時と場合によって得失があり、アドバンテージにもなりハンディキャップにもなるものである。いずれにしろ、人間は、とかく何かとレッテルを貼ったりラベルを比較したりしたがる習性があるので、ある程度仕方のないことかもしれないが、同窓愛を持つのは個人の勝手であるが、よく、最高学府と呼ばれる大学を出た人に見られるように、それをこれ見よがしに公然とひけらかすのは、人間として、厳に慎むべきことのように思う。

あとがき

既に、現役を引退して五年余りが経過しているが、最近よく頭に浮かんでいたのは、現役時代、仕事上色々思い悩んだこと、自分なりに学び獲得したこと、試行錯誤の結果導き出したことなどを、形にしておきたいということであった。記憶が定かである今のうちに、何らかの形で記録として残しておきたいという思いが募っていた。そんなとき牧歌舎の竹林哲己社長からエッセイ連載のお話をいただいた。渡りに船という思いと、自分の性格からいって、半ば強制的なものがないとなかなか書けないこともわかっていたので、自信があったわけではなかったがお引き受けすることにした。

サラリーマン時代を思い起こしながら書き始めると、文章だけではなかなか伝えたいことが表現できないことが分かり、エッセイとしてはどうかと思ったが図表を入れることにした。図表を作りそれを説明するようにして文章を書くことにした。一風変わったエッセイになるがその方が言いたいことを伝えやすいし、読者も理解しやすいに違いないと勝手に解釈して、毎回一つは図表を挿入するようにした。その結果、まさに一味違ったユニークなエッセイが出来上がったのではないかと思っている。

果たして、どれほどの人に興味を持って読んでいただけるか。それはわからないが、サラリーマン生活を経験した方ならば、思い当たる節が随所にみられ、共感していただける部分も少なくないのではないかと期待している。現役の方には、仕事上思い悩んだときや行き詰まったときに何らかのヒントになればと思う。既に退職しシニアになった方には、同時代を生きた者同士として、懐かしんでいただければ大変ありがたく思う。

最後に、本書を発刊するにあたりご尽力をいただくとともに、ホームページ掲載中も、毎回、有意義な示唆と励ましの言葉をかけていただいた株式会社牧歌舎竹林哲己社長、編集に当たり一字一句に至るまで丁寧(ていねい)に校正していただいた佐藤裕信、竹林真千子両氏に衷心(ちゅうしん)より感謝を申し上げる次第である。

二〇二四年五月

風間草祐

■著者プロフィール■

風間 草祐（かざま そうすけ）

1949年生まれ。埼玉県在住。工学博士・技術士・経営学修士(MBA)。

総合建設コンサルタント会社に40有余年勤務し、技術者として多くのプロジェクトの研究、調査、設計、施工管理業務を体験するとともに、管理者・経営陣の一角として組織運営・企業経営に携わる。この間の諸々の経験をもとに、後進へのメッセージとして『サラリーマンの君へ－父からの伝言－』（牧歌舎）を発刊した。また、幼少期から現在までの約70年間の読書遍歴をまとめた『すべては「少年ケニヤ」からはじまった－書でたどる我が心の軌跡－』（牧歌舎）、及び自らの体験をもとに有意義なシニア世代の生き方を説いた『人生100年時代 私の活きるヒント』（牧歌舎）を出版した。

その他の主な著書としては、50代半ばから夫婦で開始した海外旅行のよもやま話を取りまとめた『ジジ＆ババの気がつけば！50カ国制覇－働くシニアの愉快な旅日記－』（牧歌舎）、これらの体験を海外旅行初心者向けにガイドブック的に整理した『ジジ＆ババのこれぞ！世界旅の極意－ラオスには何もかもそろっていますよ－』（牧歌舎）、訪問国が100カ国になったのを機に取りまとめた『ジジ＆ババの何とかかんとか！100カ国制覇－好奇心のおもむくままに－』（牧歌舎）などの紀行エッセイがある。

風間草祐エッセイ集Ⅰ 社会編

― 企業人として思うこと―

2024 年 5 月 1 日　初版第 1 刷発行

著　者　風間草祐

発行所　株式会社牧歌舎

〒 664-0858　兵庫県伊丹市西台 1-6-13 伊丹コアビル 3F

TEL.072-785-7240　FAX.072-785-7340

http://bokkasha.com　代表者：竹林哲己

発売元　株式会社星雲社（共同出版社・流通責任出版社）

〒 112-0005　東京都文京区水道 1-3-30

TEL.03-3868-3275　FAX.03-3868-6588

印刷製本　冊子印刷社（有限会社アイシー製本印刷）

ISBN 978-4-434-33968-4　C0095